KB261767

사람 풍경
세상 풍경

사람 풍경
세상 풍경

초판 1쇄 인쇄 | 2011년 5월 25일
초판 1쇄 발행 | 2011년 6월 5일
지은이 | 오풍연
펴낸이 | 조종현
펴낸곳 | 북오션

종 이 | 페이퍼릿
출 력 | 푸른서울
인 쇄 | 광문인쇄
출판신고번호 | 제313-2007-000197호

주 소 | 서울시 마포구 서교동 468-2번지
이메일 | bookocean@naver.com
전 화 | (02)322-6709
팩 스 | (02)3143-3964

ISBN 978-89-93662-38-2 (03810)

북오션은 책에 관한 아이디어와 원고를 설레는 마음으로 기다리고 있습니다. 책으로 만들고 싶은 아이디어가 있으신 분은 이메일(bookrose@naver.com)로 간단한 개요와 취지, 연락처 등을 보내주세요. 머뭇거리지 말고 문을 두드리세요. 길이 열릴 것입니다.

사람 풍경
세상 풍경

오풍연 지음

북오션

왜 짧은 글만 고집합니까?

글을 쓰는 것이 쉽지 않다. 신문 기사와 책은 또 다르다. 신문이 일회성이라면, 책은 영원하다. 책이 작품으로서의 가치를 지녀야 하는 이유다. 많은 작가들이 이 대목을 가장 고민한다. 초보라고 할 수 있는 나도 마찬가지다. 그래서 글을 쓰는 순간 만큼은 최선을 다한다. 진정성을 담기 위해 혼신의 힘을 쏟는다.

"왜 작가님은 호흡이 짧은 글만 쓰십니까." 자주 듣는 질문이다. 지금까지 출간된 세 권의 에세이집도 마찬가지이다. 200자 원고지 두 장이 조금 넘는 분량이다. 세 장은 채 안 된다. 500자 안팎으로 보면 될 것 같다. 장편(掌篇) 에세이라고 할까. 이 속에 많은 내용을 담을 순 없다. 물리적으로 불가능하다. 그래도 메시지가 없으면 죽은 글이 된다. 감동은 그 이후다. 나에게 주어진 숙제라고 생각한다.

지금은 속도의 시대다. 모든 게 빠르다. 과학 기술도, 문화도 다를 바 없다. 내가 짧은 문장을 구사하는 데는 그런 연유가 깔려 있다. 독자에게 부담을 주지 않고, 편하게 읽으라는 취지에서다. 한 편마다 두 장을 거의 넘기지 않는다. 덕분에 계속 페이지를 넘겨야 한다는 고민을 덜 수 있지 않겠는가. 가끔 지인들에게 우스갯 소리로 말한다. "제 책은 화장실용입니다." 물론 그 판단도 독자의 몫이다.

본격적으로 글을 쓰기 시작한 것은 2009년 4월. 아들을 공군에 보내고 나서부터다. 그때 녀석과 약속을 했다. "아빠는 책을 세 권 쓸 테니 너도 군에서 무슨 자격증이든 따야 한다." 결과적으로 나는 약속을 지켰다. 하지만 아들 녀석은 무사히 군복무를 마치는 것으로 만족해야 할 것 같다. 녀석을 아끼고, 사랑하는 마음에는 변함이 없지만 말이다.

무엇보다 지인들이 고맙다. 대부분 글 속에 그들이 실제 주인공으로 등장한다. 우리 이웃의 삶 속에서 소재를 찾았다. 일일이 감사인사를 전하지 못해 죄송할 뿐이다. 인연을 가장 소중히 여기는 나에게 그들은 보배인 셈이다. 물론 격려도 아끼지 않는다. 책을 낼 때마다 힘을 보태준다.

이번 책은 두 번째 에세이집 『삶이 행복한 이유』 연장선에서 펴냈다. 출판 당시 다소 성급히 펴낸 측면이 있었기 때문이다. 원고를 흔쾌히 받아준 한성출판기획 박영욱 사장께 고마움을 전한다. 장편 에세이도 그가 붙여줬다. 항상 곁에서 응원을 보내주는 아내와 장모님도 책이 나오는 데 한몫을 했다. 5월 4일 제대하는 아들 인재에게도 큰 선물이 될 것 같다.

독자 여러분의 사랑도 잊을 수 없다. 끊임없는 관심과 격려를 보내주었다.

거듭 감사를 드린다.

2011년 4월 오풍연

樂 즐거운 삶에 대하여
01장

美 아름다운 삶에 대하여 03장

思 생각하는 삶에 대하여

04장

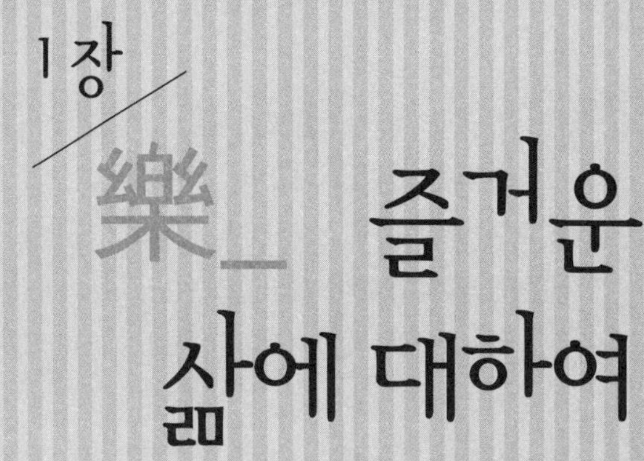

1장

樂_ 즐거운 삶에 대하여

부부가 함께 살면서 꼭 잊지 말아야 할 날이 있다.
아내의 생일과 결혼기념일이다. 특히 생일에
신경을 써야 한다. 대부분 음력으로 세기 때문에
간과하기 쉽다. 미리 수첩에 메모를
해두는 것이 상책이다. 조금 쑥스럽긴 하지만
아내에게 미리 귀띔을 부탁하는 것도 방법이다.

01 꼭대기 다방

요즘 다방을 찾기 힘들다. 시내에서는 더욱 그렇다. 몇 블록을 다녀봐야 한 곳 정도 눈에 띈다. 1층에는 아예 없다. 허름한 건물의 지하나 2층에 자리잡고 있다. 규모 역시 작다. 20평 넘는 곳은 보지 못했다. 직원도 한두 명이 고작이다.

옛적 다방은 어른들의 놀이터였다. 은퇴한 노인들도 만남의 장소로 자주 찾았다. 그런데 언제부터인가 한둘씩 사라져갔다. 자본주의 사회에서 수지타산이 맞지 않기 때문이다. 손해를 보면서 문을 열 리 만무하다. 지금은 스타벅스를 비롯한 유명 브랜드들이 대신 손님을 맞고 있다. 그곳에선 젊은이뿐만 아니라, 노년의 모습도 흔히 눈에 띈다. 외래종이 토종을 몰아낸 격이다.

서울 평창동 주택가 꼭대기에 조그만 다방이 있다. 아마도 서울에서 커피값이 가장 쌀 것이다. 한 잔에 2,500원. 주인 아주머니가 심심풀이로 하는 곳이다. 그러나 어느 곳보다 분위기가 좋다. 아주머니의 넉넉한 품성이 손님들의 심신을 녹여준다. 직접 굽는 찐빵의 맛 역시 일품이다. 전자레인지에 구워주는 은행을 까먹는 운치도 새롭다. 한 달에 두세 번 들르는데 항상 똑같다. 나른한 오후, 그곳의 진한 커피향이 코끝을 자극한다.

음식은 손맛따라 다르다고 한다. 같은 재료를 쓰는 데도 집집마다 특색이 있다. 한국 음식은 더 그런 것 같다. 양념을 많이 써서 그럴까. 아내의 손맛이 좋은 것도 큰 복이다. 평생 동안 맛있는 음식을 먹을 수 있어서다. 나는 그런 복을 타고 났다. 함께 모시고 사는 장모님의 음식 솜씨가 일품이다. 일류 한정식집보다 맛깔난다. 인재 엄마도 장모님 못지 않게 솜씨를 뽐낸다.

서울 구기터널 지나 불광동 방면으로 단골집이 있다. 옻닭을 전문으로 하는 집이다. 10년째 들르고 있는데 음식 맛이 한결같다. 밑반찬이 훌륭하다. 모든 음식은 여사장님이 직접 만든다. 특히 백김치의 맛이 최고다. 몇 접시를 비우는 이들도 많단다. 그럼에도 친절하다. 손님이 달라는 대로 내놓는다. 항상 문전성시를 이루는 비결일 게다.

무엇보다 사장님의 손이 크다. 단골 손님에게는 음식도 곧잘 싸준다. 백화점에서 사려면 수만 원어치는 될 텐데 그냥 맛있게만 먹으란다. 어머니가 투병 중일 때 여러 번 신세를 졌다. 간식으로 찾던 누룽지까지 만들어주셨다. 어떻게 보답해야 할지 물었다. 그저 말씀하신다. "지금처럼 가끔 찾아주시면 돼요."

03 행복한 노후

베이비붐 세대의 노후문제가 제기된다. 방송과 신문이 조목조목 보도한다. 결론은 별다른 준비없이 노후를 맞고 있다는 것. 이만저만한 문제가 아닐 수 없다. 바삐 살아왔건만 손에 쥔 것이 별로 없어 걱정이다. 대부분 같은 처지다. 일부를 빼고는 집 한 채 외에 내세울 것이 없어 그렇다.

10여 년 전 노조 전임을 같이 하던 선배가 있다. 그는 몇 해 전 전북 완주로 내려갔다. 땅을 사 집도 직접 지었다. 텃밭을 일구며 혼자서 지내다시피 한다. 가족들은 서울에 있다. 주말에 내려와 온 가족이 함께 한다. 나도 두 차례 다녀왔다. 그곳에서 구워먹는 삼겹살 맛은 무엇과도 비교할 수 없다. 상추, 고추도 밭에서 따온다.

"오 위원장, 아무 때나 내려와. 며칠 있다가면 스트레스도 풀릴걸세." 그의 배려가 고맙다. 올라오는 승용차에 고구마, 감, 호박, 가지 등 애지중지 키운 작물을 가득 실어준다. 그의 얼굴이 그렇게 편해 보일 수 없다. 이제는 마을 사람들과도 친해져 토박이처럼 지낸단다. "형님은 정말로 복받은 사람입니다." 누구나 그리는 노후 생활이다.

세밑 날씨가 춥다. 체감온도는 영하 10도를 오르내린다. 옷을 두껍게 입고 나가도 한기가 느껴진다. 그래서 따뜻하고, 뜨거운 것을 찾게 된다. 특히 포장마차가 생각나는 계절이다. 그곳에서 먹는 오뎅국물은 무엇과도 비교할 수 없다. 게다가 갓 구운 호떡까지 있으면 금상첨화다. 지금은 쳐다만 보고 지나친다. 정장 차림에 들어갈 용기가 나지 않아서다.

대신 고속도로 휴게소나 백화점 코너에서 자주 사 먹는다. 아내와 아들 녀석은 그때마다 놀린다. "호떡 먹다 죽은 귀신 붙었어요?" "아빠, 저기 호떡집 있네." 그런 남편을 위해서일까. 아내는 가끔 호떡을 사가지고 온다. 나는 새벽녘에 킥킥거리며 혼자 먹기도 한다. 그렇게 맛있을 수가 없다.

호떡을 보면 옛 생각이 절로 난다. 1970년대 초반 대전으로 유학을 왔다. 누나, 형님과 자취를 하고 있을 때다. 당시 100원을 주면 호떡 스물두 개를 줬다. 하나에 5원씩 했던 셈이다. 아주머니는 꼭 두 개를 너 챙겨줬다. 우리는 한자리에서 모두 먹어 치웠다. 초로의 나이에도 호떡을 좋아하게 된 연유다.

05 식탐

인간에게는 여러 욕구가 있다. 우선 성욕을 꼽을 수 있겠다. 간혹 없다고 강변하는 이들도 있는데 거짓이다. 타고난 것이기에 전혀 부끄러워할 일이 아니다. 다만 조절하고 자제할 줄 알아야 한다. 인간이기에 그렇다. 그밖에도 인간은 욕구가 많다. 성취욕, 명예욕, 재물욕, 탐구욕 등.

식욕 또한 무시할 수 없다. 먹지 못하면 결국 죽는다. 살기 위해 먹는다고 할 수 있다. 그런 만큼 자연스러운 것이다. 유독 식탐이 많은 사람들을 본다. 유명 정치인, 부자 중에 식탐이 많은 이가 흔하다. 그들은 음식을 하나도 남기지 않고 비운다. 또 빨리 먹는 버릇이 있다. 시간을 아끼기 위해서일까.

20여 년간 기자 생활을 하면서 나름대로 내린 결론이 있다. 식탐은 권장할 일도 아니지만, 나무랄 일도 아니라는 것. 음식에 욕심이 많은 사람은 대부분 일도 잘한다. 뱃심으로 버틴다고들 한다. 성공할 가능성도 높다. 곰곰이 분석해봤다. "금강산도 식후경"이라고 했다. 먹는 게 우선이라는 뜻이다. 무엇을 먹을까 고민하는 것만큼 행복한 일은 없다.

06 짧은 만남, 긴 여운

사람 간의 만남은 즐거운 일이다. 사람은 부단히 사람을 만난다. 혼자서는 살 수 없어서다. 그런 만큼 만남에 공을 많이 들인다. 만남을 통해 모든 것이 이뤄지기 때문이기도 하다. 결혼도 그렇고, 일도 마찬가지다. 따라서 한 점 소홀히 여겨서는 안 된다. 그러려면 진지해야 한다. 참만남을 위해서다.

40년 만에 초등학교 여자 동창생을 만났다. 아버지 제사를 지내기 위해 대전에 갔다가 해후했다. 전화번호는 알고 있던 터라 연락했다. 반가운 음성이 들렸다. 얼굴은 모르지만 몇 차례 통화하면서 대강의 소식은 알고 있었다. 무조건 약속 장소를 정했다. 택시를 타고 가는 도중 그렇게 설레일 수가 없었다.

조용한 찻집에 도착했다. 분위기가 고즈넉했다. 친구는 먼저 와 있었다. 50대라고 보이는 사람은 둘밖에 없어 바로 다가갔다. 어색할 줄 알았지만 그렇지 않았다. 금세 동심으로 돌아갔다. 고향, 친구 근황 등 할 말이 너무 많았다. 그러나 시간적 여유가 없었다. 한 시간 가량 대화를 나눈 것 같다. 언제 또다시 만나게 될지 모른다. 손을 흔들어주는 친구의 뒷모습이 아름다웠다.

07 멋진 초대

요즘 집으로 사람을 잘 부르지 않는다. 대부분 밖에서 해결한다. 초대하는 쪽이나 초대받는 쪽이나 같은 생각을 갖고 있다. 그러다 보니 살림도 간편하다. 많은 사람을 치를 필요가 없기 때문에 그렇다. 집에서 여럿이 모여 식사를 하고, 함께 노는 풍경은 옛말이 된 느낌이다. 사람 내음을 찾을 수 없다.

오전 10시 37분, 잘 알고 지내는 유명 디자이너로부터 전화가 왔다. "오 기자님, 제가 끓여주는 굴국을 맛보지 않으실래요?" 또 다른 지인과 점심 선약이 있었지만 양해를 구한 뒤 찾아갔다. 회사에서 지하철로 40분 거리에 있었다. 본사 4층에서 맞이했다. 거실 겸 손님맞이방으로 쓰고 있었는데 매우 정결했다. 구석구석에서 예술가의 냄새도 물씬 났다.

호화로움을 생각했으나 예상이 빗나갔다. 주방에서 직접 요리를 선보였다. 반찬은 김치와 김이 전부. 굴국은 정말 시원했다. 간단한 식사였지만 기쁨은 배가됐다. 집으로 불러준 배려 때문이었다. 디자이너, 그것도 유명세를 타고 있는 그녀의 진짜 모습을 보는 것 같았다. 오면서 메시지를 띄웠다. "멋진 초대였습니다. 감사합니다."

08 막걸리

술을 좋아하고 많이 먹는 사람들을 주당이라고 한다. 이들은 호탕하다. 웬만한 허물은 덮고 넘어간다. 본인들도 실수를 하기에 그럴 게다. 이렇듯 매사가 상대적이다. 내가 틈이 없으면, 상대방의 잘못도 눈에 거슬린다. 애주가에게는 적이 많지 않다. 스스로 만들지 않기 때문이다.

옛날에는 술을 금한 적도 있었다. 그것 역시 매춘과 같아서 사라지지 않았다. 아무리 단속을 강화해도 술을 만들어 먹었다. 아낙네들이 고수였다. 술도가를 숨기는 데 도가 텄다. 어머니 역시 신출귀몰했다. 잔뜩 쌓아둔 두엄에 항아리를 묻어뒀다. 단속반이 나와도 찾기란 불가능했다. 먼저 걸러낸 모주는 어른들 몫. 지게미는 아이들에게도 나눠줬다. 배고팠던 시절의 얘기다.

막걸리의 인기가 대단하다. 백화점은 물론 골프장에서도 대우를 받는다. 천덕꾸러기에서 귀하신 몸으로 수직 상승했다. 막걸리는 토종 술이다. 맛도 일품이다. 그동안 위스키와 와인에 밀려 기를 펴지 못했나. 우리 것을 사랑하지 않은 탓이었다. 막걸리에 대한 향수, 냄새가 그윽하다.

09 또 한 살 먹자고

올 한 해도 저물어간다. 시무식을 한 게 엊그제 같은데 새해가 얼마 남지 않았다. 1년이 훌쩍 지난 것이다. 세월은 붙잡을 수 없다. 그냥 흘러간다. 거기에 순응해서 사는 것이 좋다. 거스르다간 큰 코 다친다. 세월은 좋은 약이 되기도 한다. 지금 당장 어렵더라도 빛을 볼 날이 온다. 희망을 버리지 않는 이유다.

내 나이 쉰하나. 적지 않은 일들이 있었다. 개인적으론 경사가 더 많은 해로 기억될 듯하다. 열심히 살아왔다고 할까. 친구도 한 명 더 얻었다. 쉰을 넘기면 친구를 사귀기 어렵다고 했다. 그런데 평생을 함께할 수 있는 벗을 만났으니 무엇에 견주랴. 감사할 따름이다. 40대에는 친구 네 명을 사귀었다. 이제 다섯 명으로 늘었다. 60~70대에도 친구를 사귈 수 있을까. 쉽지 않을 것 같기에 지금 친구들에게 더 잘하려고 노력한다.

시골에서 목회 활동을 하고 있는 친구에게서 메시지가 왔다. "눈이 그치더니 날이 많이 춥네. 건강 챙기고! 멋지게 또 한 살 먹자고." 서울에 첫눈이 오던 날 받았다. 그 친구도 나 만큼이나 흰머리가 많다. 흰 눈을 보고 흰머리가 생각나 보낸 것 같았다. 새해에는 무엇을 할까. 건강이 최고란다. 돈으로도 살 수 없는 게 건강이다. 몸을 만드는 데 시간 투자를 더 해야 할 것 같다.

10 천사가 찾아오는 집

집으로 사람을 들이지 않는 게 풍토다. 예전에는 이웃들과 조금이라도 나눠먹었다. 못살던 시대의 정서가 그립다. 요즘은 어떤가. 출가한 자식들이 찾아오는 것도 귀찮아하는 사람들이 있단다. 그래서 밖에서 만나 식사하고 헤어진다. 집에 오면 차를 내오고, 과일을 깎는 게 싫어서 그렇단다. 인정이 메말라감을 느낄 수 있다.

해마다 1월 1일 저녁에는 유명 정치인 집에서 떡국을 먹는다. 올해도 마찬가지였다. 30~40명이 모여 덕담을 나눈다. 무엇보다 사모님의 정성이 가득하다. 직접 음식을 준비하신다. 삶은 돼지고기는 정말 맛있다. 흑산도 홍어까지 올라와 모두들 감동했다. 음식 맛도 별미지만, 초대해준 의미가 더 크다.

"친구가 찾아오지 않는 집은 천사도 안 온다"고 한다. 다른 사람의 방문을 진심으로 감사해야 한다. 가족만의 안식처라면 얼마나 쓸쓸하겠는가. 우리 집에는 손님이 많이 찾아오는 편이다. 그렇게 고마울 수가 없다. 천사들이 찾아오는 셈이다. 손님들을 언제나 반갑게 맞이해주는 아내가 고맙다. 누구 한 명이라도 싫은 내색을 하면 그 다음부터 발길을 끊는다. 그것이 인지상정이다.

11 봄은 온다

2011년 1월은 유난히 추웠다. 한강이 꽁꽁 얼어붙고 눈도 많이 왔다. 텔레비전과 라디오에서는 연일 한파주의보가 발령되었다고 방송했다. 일기예보도 자주 틀리더만 그건 왠지 빗나가지 않았다. 날씨를 원망할 수는 없는 법. 빨리 풀리기만을 기다릴 수밖에 없었다. 입춘도 지났다. 멀리 제주도에서는 벌써 봄소식을 전한다. 꽃망울을 터뜨렸단다.

점심 식사를 마치고 근처 안양천으로 나갔다. 추위 탓에 두어 달 나가지 못했다. 설 연휴 뒤끝이라 그런지 많은 사람들이 나와 있었다. 산책을 하는 사람, 자전거를 타는 사람, 공놀이를 하는 사람 등등. 전부 다 표정이 밝았다. 스트레스를 날려버리는 느낌이었다. 잔설이 곳곳에 있었지만 눈이 녹아 지장은 주지 않았다. 천둥오리들도 물 위에서 망중한을 즐기고 있었다. 봄이 오는 소리가 들렸다.

지구 온난화로 계절이 무의미해졌다고 한다. 그래도 봄소식은 어김없이 찾아 온다. 만물이 소생하는 봄이다. 파릇한 싹을 보면 기분도 시원해진다. 사람도 집에 갇혀 지내면 그 내음을 맡을 수 없다. 활동을 해야 한다. 건강을 위해서도 걷는 것이 좋다. 운동 후의 상쾌함은 그 무엇과도 바꿀 수 없다. 봄이 오는 소리를 들으러 들로, 산으로 나가자.

12 촌놈

옛날에는 시골 출신들이 성공하는 경우가 많았다. 주경야독(晝耕夜讀)도 그런 데서 연유했다. 낮에는 논밭을 갈고, 밤에 등잔불 밑에서 공부를 해 꿈을 이뤘다. 면 단위마다 그런 인물들이 심심찮게 나왔다. 동네 잔치가 벌어졌음은 물론이다. 그러나 지금은 사정이 달라졌다. 도회지, 그중에서도 부유한 가정 출신들이 빛을 본다. 시대가 달라졌음을 보여주는 대목이다.

1970~80년 무렵 대학에 다닐 때만 해도 촌놈이 더 많았다. 수적으로 우세하다 보니 서울 출신들은 소수로 전락했다. 단과대 학생회장이나 총학생회장도 거의 촌놈 몫이었다. 그래서 차림새는 비록 남루해도 목에 힘을 주고 다녔다. 이제는 농촌과 도회지의 개념이 모호해졌다. 말투만 조금 다를 뿐이다.

휴가를 마치고 출근했더니 난이 눈에 띄었다. '축하합니다. 촌놈 아무개' 라고 씌어 있었다. 일전에 인사를 나눈 이가 보낸 것이다. 성실하고 우직해 보이는 그의 모습이 난향과 함께 중첩됐다. 강원도에서 태어나 한 번도 떠나지 않고 줄곧 활동해온 토박이였다. 특히 촌놈이라는 표현이 마음에 들었다. 나도 충청도 촌놈이기에……

13 '여자의 속마음'을 내다

최근 자주 질문을 받는다. '여자의 속마음'은 언제 낼 건가요? 졸저 『남자의 속마음』보다 더 관심이 큰 듯하다. 관음증, 또는 호기심의 연장선으로 본다. 그러나 곰곰이 생각해보자. 남자든, 여자든 속마음을 다 알면 재미 없을 것 같다. 속마음은 그 자체로 의미가 있다. 가슴 속 깊은 곳에 조용히 자리하고 있기 때문이다.

여자의 속마음. 실제로 잘 모른다. 직업상 남자들과 관계를 더 많이 맺어왔다. 전현직 대통령부터 밑바닥 인생까지 두루 만났다. 그래서 남자의 속마음은 어느 정도 꿰뚫는다. 상대방이 혀를 내두를 때도 있다. 연애 경험이 많다면, 여자의 속마음을 조금은 더 잘 알텐데 그렇지도 못하다. 인재 엄마가 나의 전부라 할 만하다. "다시 태어나면 나와 결혼하지 않는다"고 하지만 아내가 여전히 사랑스럽다.

'여자의 속마음'을 선보일지 모른다는 예감이 들었다. 신문에 글도 종종 기도하는 한 여성 사업가를 만났다. 합작을 하잔다. 자신이 '여자의 속마음'을 쓸 테니, 세트로 독자들에게 다가가자는 것. 흔쾌히 응낙했다. 그러나 기회는 2010년 가을 뜻밖의 곳에서 찾아왔다. 여성 암환자와 메일을 주고 받은 것이 인연이 돼 『여자의 속마음』을 펴냈다. 그분이 정말 고맙다.

요즘 시골에 가면 젊은이를 거의 찾아볼 수 없다. 도회지로 떠났기 때문이다. 부모들 또한 자식을 붙들려 하지 않는다. 먹고 살기가 어려워서다. 그래서 노인들만 고향을 지킨다. 직접 경운기를 몰고, 농기계 수리도 척척박사다. 예전에 비해 힘이 덜 들지는 몰라도, 시골 생활은 여전히 고달프다. 눈만 뜨면 손가는 일이 널려 있다.

도회지 생활을 청산하고 귀농하는 이들도 있다. 첫 번째 이유는 여유로움이다. 사람들로 북적대는 도시보다 전원생활이 좋기 때문이다. 자연을 벗삼아 산다는 것은 행복한 일이다. 두 번째는 건강을 위해서 귀농을 한다. 실제로 농촌 생활을 하면서 지병을 치유하는 경우가 많단다. 특히 아토피나 천식 등은 자연요법으로 완치도 가능하다는 것이다.

시골에는 노인 회장과 청년 회장이 있다. 마을을 움직이는 두 축으로 볼 수 있다. 자연 수명이 늘어난 까닭일까. 노인 회장은 80세 전후가 많다. 경남 합천의 한 마을 애기다. 그곳 청년 회장은 우리 나이로 63세. 가장 젊은 측에 든단다. 어떻게 받아들여야 할까. 60을 청년으로 치면 긍정적 징조임에 틀림없다.

15 격세지감

　대한민국은 여러 길을 통해 장교가 될 수 있다. 육·해·공사, 3사(2년제), 학군(ROTC), 학사(해·공군) 출신이 그들이다. 초급장교의 경우 학군 출신이 가장 많을 게다. 이들은 대부분 의무 복무를 마치고 제대한다. 장기 복무를 지원하는 이들도 적지 않다. 학군 출신 중에서도 여러 명의 대장을 배출했다. 건군 이래 자랑이 아닐 수 없다.

　ROTC가 선망의 대상이란다. 무엇보다 취업상 특전이 있다. 기업체들은 이들을 선호하고 있다. 군에서 소대장 생활을 하는 등 리더십 교육을 받은 점을 인정해서다. 장교들이 사병 출신보다 적응력도 훨씬 뛰어나다고 한다. ROTC는 더 이상 기피의 대상이 아니다. 우리가 대학 다닐 때만 해도 그다지 인기를 끌지 못했었다.

　1959년에 입학한 분들이 ROTC 1기생이다. 그들은 자부심이 대단하다. 우리 나이로 72세. 손자뻘되는 아이들이 지원한다. 1기생인 변호사가 최근 일화를 들려줬다. "1기 선배 중에 생존해 계신 분이 있을까?" 몇몇 까마득한 후배들이 그런 말을 하며 담소를 나누더란다. 격세지감을 느끼면서 혼자 슬며시 웃었다고 한다.

직업 없이 지내는 사람을 백수라고 한다. 백수건달(白手乾達)
의 준말이다. 사전엔 '아무것도 없는 멀쩡한 건달'로 풀이하고
있다. 현직에서 맹활약 중인 지인이있다. 그는 '전백련(전국백수
연합회)' 회장이라고 자칭하곤 했다. 그러면서도 패기를 잃지 않
았다. 백수 생활을 하면서 와신상담했기 때문이다. 그 결과 대중
앞에 떳떳이 설 수 있게 됐다. 이전보다 각광을 받는다. 여기저
기서 러브콜도 쇄도한단다.

또 다른 지인의 얘기도 재밌다. 그는 50대 초반에 차관을 끝으
로 공직을 떠났었다. 막상 자리를 뜨고 보니 막막하더란다. 또래
의 동창이나 동기들은 모두 현직에 있어 만나기가 쉽지 않았다.
점심이나 저녁 약속도 녹록치 않았다고 한다. 그러던 중 상가에
들렀다. 시간이 여유가 있어서 두세 시간 머물렀다. 상주의 극진
한 대접을 받았음은 물론이다. 게다가 문상을 온 사람들 덕분에
한 달 치 일정까지 챙겼다고 했다. 이 사람, 저 사람과 약속하다
보니 꽉 차더라는 것. 그 뒤에도 몇 번 더 써먹었다며 웃었다.

이처럼 살아가는 데 여러 방식이 있다. 나홀로 살 수는 없다.
매사에 공을 들이면 해법은 나오기 마련이다. 그렇더라도 백수
생활은 빨리 끝낼수록 좋다.

17 웃음 철학

웃음은 행복의 바이러스다. 이를 직업으로 하는 전도사까지 나왔다. 여기저기서 특강 요청이 쇄도한단다. 웃음을 통해 분위기를 바꿔보자는 계산에서 특강을 요청하는 듯하다. 여하튼 많이 웃을수록 좋다. 웃는 얼굴에 침뱉지 못한다고 했다. 웃음을 습관화하라는 말과 일맥상통한다.

우리나라 사람들은 웃음이 적은 편이다. 그래서 표정도 그리 밝은 편이 아니다. 춤과 노래를 좋아하는 민족에 걸맞지 않다. 삶에 찌들어서 그럴까. 반드시 그것만은 아니라고 본다. 마음의 여유가 없어서다. 항상 쫓기는 기분에 살다보니 표정 또한 어두울 수밖에……

나는 많이 웃는 편이다. 남들은 속이 없는 것 아니냐며 핀잔을 주기도 한다. 그러면 또 "그렇다"면서 싱겁게 웃는다. 이에 상대방은 입을 닫고 만다. 오해를 사는 적도 가끔 있다. "비웃는 것 아니냐"고 항의한다. 물론 그럴 리 없다. 웃음을 달고 살면 모든 게 여유롭다. 짜증 나는 일도 쉽게 넘길 수 있다. 내공도 차곡차곡 쌓인다. 새해에는 웃음 속에서 행복을 찾자. 지금 당장 실천에 옮겨도 나쁘지 않다.

18 똑같은 인생

세상에 특별난 사람이 있을까. 없다고 본다. 한 번 태어났다가 죽는 것은 똑같다. 그럼에도 사는 내내 발버둥친다. 생존경쟁에서 이기기 위해서다. 탓할 일은 아니다. 그러나 특별한 대접을 요구해서도 안된다. 의외로 '나'는 특별하다고 여기며, 차별성을 강조하는 이들이 적지 않단다. 그런 심리가 나만 있다고 생각하면 오산이다. 나와 남은 다를 게 없기 때문이다.

2008년 어머님 수의를 맞추러 경북 안동에 갔을 때다. 토속음식인 헛제삿밥을 먹으러 한 음식점에 들렀다. 대형 버스 두 대가 도착한 후 70~80대 노인들이 단체로 들어왔다. 모두 점퍼 등 평상복 차림이었다. 방 안에선 "위하여" "브라보" 등 구호가 터져나왔다. 오래오래 건강하게 살자는 다짐일 터. 음식점 주인이 말했다. "일행 중에 장관을 지내신 분도 두 명 있대요."

장관을 역임한 70대의 선배가 들려줬다. 매달 모이는 시골 초등학교 동기회에 빠지지 않는다고 했다. 경기도 안산에서 모임을 갖는데 회비는 1만 원. 매운탕에 소주 한잔. 그렇게 행복할 수가 없단다. 그렇다. 행복 지수는 특별하지도, 멀리 있지도 않다. 가까이서 찾으면 된다.

19 늦장가

　결혼. 일생에서 가장 중요한 선택이라고 본다. 부모님, 형제들과 떨어져 분가하는 순간이다. 그때부터 남남이 된다. 아내와 내 자식을 먼저 챙기게 된다. 모두가 그렇기에 탓할 바도 아니다. 형제들도 부모님 품 안에 있을 때만 혈연의 정을 느낄 수 있다. 점점 멀어져가는 느낌이기에 안타깝다.

　만혼이 대세다. 서른 살 전에 결혼하는 신랑, 신부가 드문 형편이다. 이전에는 서른을 넘기면 노총각, 노처녀라고 했는데 지금은 다르다. 30대 초반은 총각, 처녀 범주에 든다. 통계상의 수치로도 나타나고 있다. 초산의 경우 30을 채웠다. 20대 출산이 가장 바람직하다고 한다. 그런데도 대세를 거스르지 못하는 것 같다.

　고교 동기들과 저녁을 했다. 쉰을 넘겨 중년티가 난다. 직장에서도 핵심에 있다. 우리끼리 만나면 이내 학창 시절로 돌아간다. 아주 반가운 소식을 들었다. 지금까지 총각으로 있는 친구가 다음 달 장가를 간단다. 신부도 처녀다. 그 친구가 모임의 주인공이 됐다. 모두들 부러워했다. 손자볼 나이에 장가를 간다니……. 친구가 인사말을 건넸다. "이 나이에 함은 그렇고, 집들이는 할게." 기분 좋은 만남이었다.

주부들이 좋아하는 게 외식이다. 식사를 준비해야 하는 부담감에서 해방될 수 있기 때문이다. 매일 먹는 식사지만 여전히 번거롭다. 어른들을 모시고 사는 경우라면 더하다. 최소한의 찬을 내놓아야 한다. 스트레스를 호소하는 이들도 있다. 그런 판국에 바깥 나들이는 선물이 된다.

외식하면 호화로운 음식을 떠올린다. 그래서 아예 외식을 하지 않는 가정도 있다. 그 돈을 가지고 사다 해먹으면 훨씬 잘 먹을 수 있다고 여긴다. 생각을 바꿀 필요가 있다. 싼 가격에 얼마든지 외식을 즐길 수 있다. 비싸다고 맛이 더 있는 게 아니다. 어떤 음식이든 맛있게 먹으면 된다.

외식을 자주 하는 편이다. 그동안 유명 레스토랑을 많이 이용해왔다. 비용이 만만찮다. 그래서 식구들에게 제안을 했다. "싸고 맛있는 집이 있으니 한번 가보자." 제육볶음, 파전, 도토리묵, 비지찌개, 청국장을 맛있게 먹었다. 네 명이 먹은 비용은 3만 3,000원. 스테이크 하나 가격에도 못 미친다. 어떤지 물어봤다. 모두가 오케이. 집으로 돌아오는 발길이 더욱 가벼워졌다.

21 내 집 갖기

 엄동설한에 집을 짓는 이들이 나왔다. 난로에 언 손을 쬐며 일을 했다. 20년 넘게 같은 일을 해 왔단다. PD가 집이 있느냐고 물었다. "맞벌이를 하지 않으면 서울에서 집을 장만할 수 없습니다." 40대 초반의 인부가 말했다. 실제로 서울에서 집을 갖기란 참으로 어려운 일이다.

집이 대형화, 고급화되고 있는 것도 문제다. 서민들에게는 점점 멀어져만 간다. 소형평수를 많이 지어 공급하면, 해결될 일인데 그렇지 못하다. 집의 개념이 무엇인가. 물론 가족의 휴식처다. 크고, 넓으면 나쁠 리 없다. 그러나 비바람만 피할 수 있으면 되지 않겠나. 옛 선비들의 안빈낙도(安貧樂道)가 생각난다.

1987년 결혼한 뒤 딱 두 번 집을 옮겼다. 첫 번째는 전셋집, 두 번째는 허름한 내 집을 마련했다. 1992년 이사 온 집에서 지금까지 살고 있다. 거의 원주민이나 다름 없다. 30평대 집이지만 화장실이 한 개다. 불편한 게 많다. 아들 녀석이 늘 불만이었다. "아빠! 화장실 두 개 있는 집으로 이사 갔으면 좋겠어. 제대하는 날 새로운 집 주소를 찍어줘." 작아도 내 집이 있다는 것은 축복이다.

　　힘들 때면 지난 일을 많이 생각한다. "옛날에는 좋았는데……" 하는 식이다. 이는 스스로 위안을 삼고자 함이다. 인간은 지극히 감정의 동물이다. 이성에 좌우된다고 하지만, 감정을 앞세울 때가 더 잦다. 우발적인 행동도 그래서 나온다. 머릿속으론 안 된다고 외치면서 일을 저지르고 만다. 그런 다음 뒤늦게 후회한다. 보통 사람들이 경험하는 바다.

　　여럿이 만나면 앞으로의 일보다 과거를 더 화제로 삼는다. 그때 그 시절을 회상하면서 또다시 추억에 잠긴다. 모두가 같은 처지였기에 공감대를 형성할 수 있다. 더하고, 못 하고도 없었다. 고만고만해서 우열을 가리기가 힘들었다. 특히 시골이 고향인 사람에게는 향수가 더욱 진하다.

　　친구 부부와 저녁을 했다. 고교 동기로 30년 이상 형제처럼 지내고 있다. 여름 휴가도 함께 다니곤 했다. 제주, 강원, 부산 등 곳곳을 돌아다녔다. 아이들은 이제 스물을 훌쩍 넘겨 대학생, 군인이 됐다. 놈들이 큰 뒤로는 만남의 횟수가 줄었다. 당시보다 여유가 없는 것도 사실이다. 그때를 그리워할 수밖에 없는 이유랄까.

23 소시팬

　아이돌 그룹이 판을 치고 있다. 무더기로 나와 흔들어대는데도 용케 이름을 알아맞춘다. 특히 여성 걸 그룹은 얼굴이 비슷비슷해 분간하기도 어렵다. 성형 탓일 게다. 청소년뿐만 아니라 어른들도 열광한다. 기이한 현상이다. 40~50대 아줌마들은 그렇다 치자. 또래의 중년 남자들도 그들의 노래를 휴대폰 벨소리로 저장해놓고 있다.

　문화의 세대 파괴는 벌써 시작됐다. 텔레비전을 켜면 다양한 연령대의 출연자들이 나와 웃음을 선사한다. 손자·손녀뻘되는 가수와 환갑을 넘긴 연기자가 자연스레 어울린다. 전혀 어색하지 않다. 춤과 노래에 소질이 있다는 우리 민족성을 보는 듯하다. 시청자들은 안방에서 즐거움을 만끽할 수 있으니 좋다.

　고교 친구 중에 방송국 PD가 있다. 그 친구는 청탁을 많이 받는다. 인기 그룹이 나오는 프로의 방청권을 구해달라는 것이다. 물론 중·고교나 대학생 자녀를 둔 부모들의 부탁이 많다. 중앙 부처 국장급 친구가 입을 열었다. "소녀시대를 한번 볼 수 있게 해줘." 그의 부탁도 똑같이 자녀들의 청인 줄 알았다. 그게 아니었다. 그 친구가 '소시팬'이라고 했다.

24 사패산

산을 그리 좋아하는 편이 아니다. 내가 좋아서 산을 찾는 경우는 드물다. 주변 친구 등 지인들이 가자고 하면 따라가는 정도다. 가급적 자주 가려고 노력하지만 여의치 않다. 토요일이나 일요일에 올라야 하는데 골프 쪽에 더 솔깃한다. 게다가 결혼식 등 행사까지 겹치면 산행은 불가능하다. 2010년 등산을 꼽아봤다. 열 번을 못 채운 것 같다.

등산의 이점은 잘 안다. 우선 전신 운동을 할 수 있어 좋다. 골프도 네댓 시간 걷지만 카트를 탈 때가 더 많다. 산을 오를 땐 땀에 흠뻑 젖는다. 정상에서 마시는 시원한 공기는 그렇게 상쾌할 수가 없다. 산을 정복했다는 쾌감도 맛본다. 높은 산이든, 낮은 산이든 꼭대기를 밟아야 제맛이 난다. 산악인들이 극한 상황에서도 정상에 서고자 하는 것도 이런 이유 때문이 아닐까.

친구와 경기도 장흥의 사패산을 주로 찾는다. 스무 차례 이상 찾다 보니 길도 훤하다. 험하지 않아 오르기가 쉽다. 정상까지 1시간 10분 안팎에 주파할 때도 있다. 보통 1시간 30분~2시간 가량 걸린다. 하산해서 먹는 점심은 정말 맛있다. 보리밥에 청국장, 제육볶음까지 곁들이면 더 이상 행복할 수 없다.

25 1117호실

    부부가 함께 살면서 꼭 잊지 말아야 할 날이 있다. 아내의 생일과 결혼기념일이다. 특히 생일에 신경을 써야 한다. 대부분 음력으로 세기 때문에 간과하기 쉽다. 미리 수첩에 메모를 해두는 것이 상책이다. 조금 쑥스럽긴 하지만 아내에게 미리 귀띔을 부탁하는 것도 방법이다. 나중에 면박을 당하는 것보다는 훨씬 낫지 않을까.

    결혼기념일을 잊어버리는 경우는 드물다. 회사, 은행, 보험사 등에서 미리 알려주는 예가 많다. 자그마한 선물이라도 하면 아내는 크게 기뻐한다. 그것이 사람 사는 맛이다. 선물은 푸짐하다고 좋은 게 아니다. 정성을 듬뿍 담으면 된다. 감동은 크기와 비례하지 않는다. 장미 한 송이가 배우자의 심금을 울리곤 한다.

    우리도 2010년 결혼 23주년을 맞았다. 아들 녀석이 군에 입대해 둘이서 보내게 됐다. 남산 자락이 보이는 한 시설을 예약했다. 아내는 예약한 곳에 도착할 때까지 별다른 감흥을 보이지 않았다. 그러나 방문을 여는 순간 소녀처럼 좋아했다. 1117호실이었다. 우리가 결혼한 날이다. 방에는 와인, 맥주, 과일 바구니도 나란히 놓여 있었다. 지인의 배려가 무척 고마운 밤이었다.

작가에게 있어서 최대의 보람은 뭘까. 독자가 책을 읽어주는 것이다. 아무리 재미있고, 내용이 좋은들 관심을 끌지 못하면 사장된다. 그래서 초판만 발행하고 창고에 처박혀 있는 책이 부지기수다. 재판 이상 돌입하는 책은 전체의 3~5% 남짓 된다고 한다. 작가나 출판사 모두 피를 말리게 하는 셈이다.

2009년 9월 『남자의 속마음』이라는 에세이집을 냈다. 첫 저서여서 긴장을 많이 했다. 독자들의 반응이 제일 궁금했다. 다행히 여러분에게 격려를 받았다. 물론 지인들이 관심을 보여줬다. 전화를 주거나 메일을 보내주었다. 멀리서 장문의 독후감을 보내온 이도 있었다. 감사할 따름이다.

"짤막한 글 모음집이라 읽는 데 부담이 없었습니다. 비록 짧은 글이지만, 한참 동안 잊었던 동심과 옛 추억들을 상기시켜주는 풋풋하고 정감 있는 이야기들이었습니다. 인생관과 철학도 엿볼 수 있었고요. 특히 군대에 근무 중인 아들에 대한 애뜻한 사랑이 감동적이었습니다. 그런데 한동안 힘들게 했던 두통은 괜찮으신지요?" 한 검사가 보내온 서평이다. 게다가 건강까지 관심을 갖는 배려를 했다. 서평은 최고의 선물이다.

27 오늘의 운세

신문마다 오늘의 운세난이 있다. 가독성이 가장 높은 지면이다. 특히 40~50대 여성에게는 단연 인기다. 어떠한 기사보다도 사랑을 독차지한다. 왜 그럴까. 가정, 자녀, 건강, 재산 등 신경 쓰는 일이 많아서 그럴 게다. 운세 역시 여기에 초점이 맞춰져 있다. 궁금증을 풀어준다고 할까.

나 또한 마찬가지다. 새벽에 신문이 오면 대충 훑어보고 운세난을 꼭 본다. 나이가 든 탓일까. 몇 년 전부터 그랬다. "귀인이 도와주니 대길하겠다." 이런 운세를 읽은 날은 하루 종일 기분이 좋다. 누군가 찾아올 것 같은 예감도 든다. 물론 빗나가기 일쑤다. 그래도 같은 운세를 기대한다.

운세를 보고 조심하기도 한다. "분수를 지키는 것이 좋겠다." "건강에 유의하라." 괜히 찜찜한 생각이 든다. 그래서 내키지 않는 일은 그만둔다. 예방이 최상이라는 마음에서다. 더러 운세가 맞는 날도 있다. 뜻하지 않은 선물을 받는다. 그럴 때마다 상대방에게 웃으며 얘기한다. "오늘 일진이 좋은 것 같습니다. 운세가 딱 맞네요." 또다시 폭소가 터진다.

미소년들이 인기다. 아주 잘생겼다. 조각 같은 외모를 자랑한다. 텔레비전도 그들이 점령하고 있다. 어떤 채널을 돌리든 항상 볼 수 있다. 어린 나이지만 입심도 대단하다. 연기력도 뛰어나 기성 배우들을 위협한다. 한국을 벗어나 아시아존에서도 스타로 대접받고 있다. 어쨌든 기분 좋은 일이다.

그런 영향 때문인지 결혼관도 많이 바뀌었다. 서로 눈만 맞으면 나이를 가리지 않는다. 남자가 서너 살 많은 것은 옛말이 됐다. 나이 어린 신랑, 연하남이 추세란다. 여자 쪽이 능력이 있다 보니 남편감을 고른다. 한두 살 연하남은 이제 흔하다. 대여섯 살, 심지어 열 살까지 차이 나는 경우도 있다. 사랑엔 국경선이 없다더니 나이는 이제 더 이상 장애물이 못 되는 것 같다.

남자들은 연상녀에 대해 관심을 갖곤 한다. 동아리 선배나 누나 친구들이 곧잘 대상이 된다. 그들은 남자 후배들에게 자상하다. 일종의 모성애를 느낀다고 할까. 자연스럽게 가까워지기도 한다. 예전에는 결혼에 이르기 어려웠다. 집안의 강력한 반대 때문이었다. 그러나 지금은 상황이 달라졌다. 연하남이여! 당당한 남편이 되라.

29 멋진 교수님

　한국 사회에서 교수의 위상은 매우 높다. 학문적 권위뿐만 아니라 사회적 지위도 상당하다. 박사 학위를 지닌 연구원들이 학교로 돌아가는 이유이기도 하다. 정년인 65세까지 연구와 강의를 할 수 있다. 평생 직장인 셈이다. 사오정(45세 정년)도 옛말이 돼버린 마당에 부러움을 사기에 충분하다.

　반면 교수 사회는 지극히 폐쇄적인 단점도 지니고 있다. 파벌도 무시할 수 없다고 한다. 타 대학 출신이 자리 잡는 게 보통 어려운 일이 아니다. 명문대일수록 더하다. 재계 출신으로 대학 총장을 지낸 A씨는 고개를 설레설레 젓는다. "교수들과는 정말 일하기 힘들어요. 되는 일이 하나도 없어요." 그는 결국 스스로 연임을 포기했다.

　교수들이 모두 그렇지는 않다. 훌륭한 분들도 있다. B교수는 우리나라 최고 대학에 몸담고 있다. 공직 경험도 있고, 전공 분야에서 최고 전문가로 통한다. 무엇보다 겸손함이 몸에 배어 있다. 국가를 걱정하는 마음으로 책 출간 계획도 세워놓았단다. 그에게서 연락이 왔다. 저녁을 같이 하자는 것이었다. 흔쾌하게 응했다. "교수님과 함께라면 언제라도 좋습니다." 그와 만나면 시간 가는 줄 모른다. '멋진 교수님'과의 만남이 기다려진다.

30 광화문 사랑

태평로와 광화문은 서울 한복판을 가로지르는 대로다. 서울 시청, 프레스센터, 정부중앙청사 등 대표적 건물이 즐비하다. 게다가 덕수궁과 경복궁도 지척에 두고 있어 경관이 나무랄 데 없다. 교통 또한 아주 편리하다. 지하철 1 · 2 · 3 · 5호선이 모두 닿는다. 때문에 건물 임대료도 비싼 편이나 공실률은 적다.

광화문은 도심이지만 여유가 있다. 점심 시간을 이용해 걸을 만한 장소도 많다. 청계천에서 운동화를 신고 걷는 직장인을 흔히 볼 수 있다. 저렴한 식당도 인기다. 한 끼에 5천 원 정도면 해결된다. 월급쟁이의 부담을 덜어주는 셈이다. 이 정도의 주변 환경을 돈으로 계산하면 얼마나 될까.

강남으로 이전한 대형 로펌 변호사가 있다. 불만이 대단했다. 가장 먼저 교통 혼잡을 꼽았다. 온종일 정체 현상이 빚어져 짜증난다고 했다. 주차 공간도 비좁아 대부분 유료 주차장을 이용한단다. 광화문에 본거지를 두고 있을 때가 좋았다고 했다. 25년째 태평로 사옥에서 근무하고 있다. 20대 후반에 입사해 쉰을 넘겼다. 광화문 인근에서 일하는 것만으로도 행복을 느껴야 할 듯싶다.

31 자유로

꼭 가고 싶은 길이 있다. 뻥 뚫린 고속도로를 좋아하는 사람이 있는가 하면 꼬불꼬불한 시골길을 찾는 이도 적지 않다. 나름대로 취향이 달라서다. 속도광은 고속도로를 즐긴다. 스트레스를 확 날리는 데도 그만이다. 시골길은 정취가 있다. 고향 냄새가 물씬 난다. 쇠똥 냄새도 나고, 비포장 도로의 덜커덩거림도 즐겁다.

서울을 중심으로 도로망이 잘 정비돼 있다. 외곽순환고속도로를 이용할 경우 어디든 한 시간 안에 달려간다. 그러나 올림픽대로와 강변도로는 항상 지·정체현상이 빚어진다. 드라이브 코스로는 마땅하지 않다. 서울 시내를 벗어나야 여유로움을 만끽할 수 있다. 어떤 길이 가장 좋을까. 드라이브를 나설 때마다 고민하는 대목이다.

자유로를 종종 찾는다. 내가 사는 집에서 접근성도 좋을 뿐만 아니라 탁 트여서 좋다. 특히 야경은 어디에 내놓아도 손색이 없다. 강 건너 김포 지역은 하루가 다르게 변모하는 모습이 읽혀진다. 아파트가 많이 들어서면서 불야성을 이룬다. 반대편 일산은 이미 대도시가 됐다. 끝까지 달리면 임진각이 나온다. 북녘땅과 마주한 곳이다. 자유로를 타고 개성, 평양까지 갈 수 있는 날을 손꼽아 기다린다.

32 트로트 사랑

인간은 감정의 동물이다. 희로애락을 표현할 줄 안다. 여러 가지 방법이 있지만 노래도 그중의 하나다. 음악에는 시대정신과 애환이 담겨 있다. 듣는 이로 하여금 기쁨이나 슬픔에 잠기게 한다. 수십만 명의 청중이 광란의 도가니로 빠져든다. 음악만이 가지고 있는 매력이다. 산업 역시 규모가 엄청나다.

나이가 들면서 취향이 변하는 걸까. 우리의 전통 가요가 듣기에 훨씬 편하다. 일명 뽕짝, 트로트라고 한다. 언제 들어도 구수하다. 가사 말이 친근하다. 시골 친구들과 어쩌다 노래방에 갈 때가 있다. 애창곡은 모두 트로트다. 어찌나 잘들 부르는지 감탄을 자아낸다. 나는 겨우 두세 곡 흉내만 낼 줄 안다.

집에서 빠지지 않고 보는 텔레비전 프로그램이 있다. 가요무대와 전국노래자랑이다. 둘 다 트로트가 많이 나온다. 장모님과 함께 볼 때가 많다. 아내의 핀잔이 이어진다. "자기는 벌써 노인이 다 됐어." 젊은 사람 취향의 노래를 좋아하는 아내는 못마땅할 수밖에 없다. 그래서 텔레비전을 따로 본다. 트로트를 무시하려는 경향도 없지 않다. 우리가 그것을 사랑할 때 명맥을 이어갈 수 있다.

33 제주도

　　우리나라의 자연은 참 아름답다. 세계 어디에 견주어도 빠지지 않는다. 구석구석 전체가 볼거리다. 산이 많아 어디를 가도 지루하지 않다. 또 지역마다 특색이 있다. 땅덩어리 크기에 비해 쓸모 있게 자리잡은 셈이다. 국립공원과 도립공원이 자태를 뽐낸다. 발길 닿는 대로 가도 자연을 즐길 수 있다.

　　특히 제주도는 신이 내려준 선물이다. 섬 전체가 보물이다. 세계 수십 곳을 가보았지만 제주만 한 곳은 보지 못했다. 유럽이 아름답다 한들, 중국이 광대하다 한들 제주를 따라오지 못한다. 천혜의 자연 그대로 간직한 곳은 흔치 않다. 제주도 역시 인간의 손길이 닿긴 했지만 청정을 간직하고 있다.

　　제주를 여러 차례 다녀왔다. 갈 때마다 새로운 기분이 든다. 멀리 이국에 가는 것 같은 느낌도 든다. 누가 묻는다. "가장 가고 싶은 곳이 어딥니까." 나의 대답은 한결같다. "제주가 이 세상에서 가장 아름답습니다." 최근 몇 년간 제주를 가지 못했다. 몇 해 전에는 한 달에 한 번쯤 내려갔다. 여러 가지 사정상 그때처럼 자주 갈 형편은 못 된다. 올해는 꼭 다시 가보고 싶다.

가족이 점점 멀어져가는 느낌이다. 자주 만나지 못해서 그럴 게다. 부모님 품 안에 있을 때만 형제다. 분가하면 거의 남이 된다. 가족 구성원이라는 의무감만 가지고 있는 것 같다. 형제보다는 내 식구가 우선이다. 모두가 그런 생각을 갖기에 흉잡을 수가 없다. 그나마 추석·설 명절과 제사 등이 있어 얼굴을 맞댄다.

가장 가까운 사람은 직장 동료다. 그들과는 좋든, 싫든 매일 얼굴을 마주친다. 수십 년간 같이 생활하기도 한다. 그래도 가까워지는 것은 쉽지 않다. 기계적으로 만나고, 업무적으로 연관되어 있기 때문이다. 대신 사회에서 만난 지인들과 뜻이 통할 경우 관계가 오래 지속된다. 이름하여 이웃 형제라 한다.

남들이 부러워할 만큼 이웃 형제가 많다. 친형제보다 훨씬 자주 만나는 편이다. 물론 가까이 있기 때문에 만남의 횟수도 잦다. 나에겐 한 가지 원칙이 있다. 부부 동반으로 만나는 것. 남자끼리 만나선 생산적이지 못하다. 아내들이 끼어야 이런저런 얘기를 다양하게 나눌 수 있다. 진학이나 결혼 문제 등도 화제에 오른다. 형제는 많을수록 좋다. 이웃 형제도 친형제 이상으로 정을 나눌 수 있다.

꼬마들은 궁금한 게 참 많다. 무엇이든지 엄마, 아빠에게 물어본다. 귀찮을 정도로 묻기에 짜증을 내기도 한다. 그러나 아이들이 커 가면서 점점 질문이 줄어든다. 이치를 터득해서도 그렇지만, 질문을 해도 소용없다는 것을 알아차려서다. 엄마, 아빠 역시 모르는 것이 많다. 물음에 답해주지 못하는 부모 마음이야 오죽하겠는가.

호기심은 좋은 버릇이다. 천재 과학자도 호기심이 발동해 역사적 발명품을 내놓는다. 인류는 그 혜택을 누린다. 호기심은 도전으로 이어진다. 도전이 없는 한 인류 문명은 발전할 수 없다. "문명은 도전과 응전의 과정이다." 영국의 역사학자 토인비는 이렇게 정의했다. 독자적인 문명 사관이 나온 배경이다.

한 선배는 예순이 넘었는데도 호기심이 대단하다. 신문이나 잡지 등에서 새로운 것을 보면 꼭 오려둔다. 나중에 직접 찾아가거나 확인한다. PC방 등 젊은이들이 주로 찾는 곳도 들러본다. 그래야 직성이 풀린다고 했다. "세상이 아주 재밌어. 자네들도 그 같은 재미를 느껴보게." 호기심을 가져보라는 주문이다. 나이 들어 호기심을 보이면 주책이라고 핀잔도 듣는다. 남을 의식하지 말고 호기심을 가져보자. 살맛을 더해 준다.

36 아들, 사위, 남편

누구에게나 사랑하는 사람이 있다. 연인, 부모님, 자식, 친구 등. 굳이 서열로 따질 수 없다. 모두 소중한 사람들이기에 그렇다. 그런데도 자기가 가장 사랑받기를 원한다. 인간의 독점욕 때문이다. 내가 아니면 서운한 생각도 든다. 그 대상이 영원하지는 않다. 나이가 들수록 변해가는 듯하다.

머지 않아 형님이 사위를 볼 것 같다. 조카딸에게 남자 친구가 생긴 것이다. 결혼을 전제로 사귀고 있단다. 사위될 친구가 형님 집으로 찾아왔다. 건강하고 씩씩했다. 사랑받을 만한 구석이 많았다. 형수님은 벌써부터 사위를 챙기는 걸까. 형님이 푸념을 했다. "첫째는 아들이고, 둘째는 사위, 셋째가 나"라며 찡그렸다. 형수님이 매긴 서열에 불만을 토로한 셈이다.

대한민국 남편의 현주소가 아닐까 싶다. 엄마는 아들을 가장 많이 챙긴다. 그 다음은 딸이다. 딸의 평생 반려자인 사위를 사랑하는 것도 당연하다. 우리네 엄마들의 희망은 대부분 자식이다. 남편보다는 아들, 딸에게 모든 것을 건다. 그것을 탓할 수 있을까. 남편들이여, 그런 아내를 사랑합시다. 가정의 화목을 위해……

저희 집 작은 난 화분에 꽃대가 올라옵니다. 며칠 있으면 필 것 같아요. 오늘 아침 보고서 깜짝 놀랐지요. 꽃이 피면 정말 진한 향을 온 집안에 나눠줍니다. 너무나 진하고 좋은 향이라서 기다리고 기다렸지요. 하지만 이 화분도 피어 있는 동안은 모두에게서 사랑과 관심을 받지만 꽃만 지면 눈 녹듯 없어지죠. 난은 이렇게 아름다운 꽃과 좋아하는 향을 주면서도 뭘 줄 거냐고 한 번도 물어보지 않아요. 왜 물 안 주냐고 투정도 없고, 왜 꽃 필 때만 좋아하냐고 화내지도 않죠.

한 독자가 이처럼 댓글을 달았다. 문재(文才)가 보통이 아니다. 말 없는 난을 보면서 대화하는 분위기가 물씬 난다. 그래서 답글을 보냈다. "님의 좋은 글 감사합니다. 문학적 표현이 눈에 띕니다. 고맙습니다." 그것으로 대화가 끝나는 줄 알았다. 그런데 또다시 글을 보내왔다. 나를 주제로 한 삼행시였다.

오: 오늘도 바람이 불어와 나무와 산을 감싸고 돕니다.

풍: 풍만한 가슴으로 아이를 안아주듯 봄바람은 그렇게 우리네 아픈 상
처도 따뜻하게 안아줍니다.

연: 연꽃 핀 연못이 아름답듯 작지만 희망과 기쁨을 가지고 살아가는
이웃들이 있어 좋은 하루입니다.

더 이상의 찬사가 없었다. 그분께 거듭 감사를 드린다.

38 단둘만의 식사

외식을 자주 하는 편이다. 매주 한 차례 이상은 한다. 물론 식구들과 식당을 찾을 때가 많다. 우리 가족은 모두 네 명. 아내와 아들, 장모님이 전부다. 단출한 까닭에 토, 일요일 중 하루는 나들이를 한다. 지인들과도 부부 동반 모임을 자주 갖는다. 그래서 여럿이 식사를 할 때가 많다. 여러 가족이 어울리면 모양새도 좋다.

모처럼 아내와 단둘이 점심을 했다. 당초 네 명이 하기로 했으나 사정이 생겨 둘이 하게 됐다. 나는 의미를 두지 않았다. 자주 하는 외식인데 둘이면 어떻고, 넷이면 어떻느냐는 생각이었다. 그런데 아내는 달랐다. 너무 좋아했다. "올해 처음이잖아." 곰곰이 따져보니 그랬다. 아내를 밖으로 불러내 점심이든, 저녁이든 따로 한 적이 없었다. 내가 무심했다는 생각도 들었다.

여자는 분위기를 탄다. 남편이 조금만 신경 쓰면 즐겁게 해줄 수 있다. 굳이 멋진 레스토랑이 아니더라도 대화를 나눌 수 있는 공간이면 된다. "무슨 둘이 식사야. 집에서 밥 먹으면 되지." 보통 남편들이 대답할 수 있는 말이다. 가벼운 농담에도 상처받는 것이 여자요, 아내다. 한 달에 한 번 정도 아내와 둘이서 식사하는 것도 좋을 듯싶다. 남편들이여! 아내의 작은 바람에 인색하지 말라.

글을 쓰면서 보람을 느낄 때가 있다. 독자들의 반응이다. 전화, 메일, 메시지를 보내온다. 대부분 격려를 해준다. "글 잘 읽었습니다. 작가로서 꼭 성공하십시오." 고맙지 않을 수 없다. 아직 '무명' 의 설움을 겪고 있는 나에게 큰 위안이 된다. 그런 분들이 있기에 오늘도 쓰고, 내일도 쓰려고 작심한다. 그 결과는 세 권의 에세이집이다. 항상 곁에 두고 각오를 다진다.

세 번째 에세이집인 『여자의 속마음』은 여성 암환자 분이 집필의 계기를 만들어줬다. 그분과 메일을 주고받으면서 여자의 속마음을 조금이나마 이해하게 됐다. 또 한 분의 여성 독자가 생겼다. 경북 구미에 살고 있는 가정주부다. 남편과 슬하에 남매가 있단다. 학창 시절 특히 글쓰기를 좋아했다고 털어놨다. 지인에게서 내 책 세 권을 선물 받아 모두 읽고 연락을 해왔다.

"저는 요즘 매우 기쁩니다. 오 선생님을 만나 새로운 세상을 열어가는 것 같아요. 답장을 해주시니까 자꾸 메일을 쓰고 싶어요. 자주 연락드려도 되죠?" 마다할 리가 있겠는가. "저도 연락을 기다립니다. 그것이 세상 사는 맛이죠." 희망을 노래해온 나 역시 기쁘다. 남에게 기쁨을 줄 수 있는 것 자체로 행복하다. 많은 이들과 희로애락을 나누고 싶은 것이 솔직한 심정이다.

직업에는 귀천이 없다. 그런데도 남을 많이 의식한다. 자기는 하고 싶은데 시선이 두려워 포기하고 만다. 대다수가 그렇다. 그러나 앞으론 의식부터 바꿔야 한다. 평균수명이 크게 늘어나면서 할 일을 만들어야 하기 때문이다. 노동을 해야 한다는 얘기다. 사람은 움직여야 건강해진다. 비록 수입이 적더라도 오래 살려면 활동해야 한다. 집 안에 틀어박혀 있으면 수명도 짧아진다. 55세를 전후해 직장 생활을 정리한다. 직종마다 다르지만 정년을 채우는 게 쉽지 않아서다. 나이를 먹는 게 죗값을 치르고 있다는 기분이 든다. 사회 전체적으로 그런 분위기이기에 탓할 수도 없다. 따라서 제2의 인생은 스스로 개척해야 한다. 어떤 일자리든지 주어지면 마다하지 말라. 그 속에서 보람을 찾으면 된다. 과거의 화려했던 시절은 가슴 속에 묻어둬라. 왕년(往年)을 찾는 사람들에겐 미래가 없다.

사업을 크게 하는 친구가 있다. 그에겐 아직 운전기사가 없다. 나태하지 않기 위해서란다. 기사를 둬야 할 필요성을 느끼지 못하고 있다는 것이다. 그래서 한 가지 제안을 했다. "나를 임원급 기사로 쓰지 않겠나." 그 친구 왈, "장관을 한 다음에 오게." 물론 농담으로 한 말이다. 하지만 말 속에 뼈가 있다고 하지 않는가. 더 열심히 살아야겠다고 다짐한다.

얼굴이 참 중요하다. 사람을 처음 만나면 맨 먼저 얼굴을 본다. 누구나 비슷하다. 내면은 그 다음에 들여다본다. 그래서 여자든, 남자든 얼굴에 신경을 많이 쓴다. 남에게 잘 보이기 위해서다. 남의 얼굴을 봐주고 돈을 받는 사람들이 있다. 이른바 관상쟁이다. 그들에게서 100% 완벽하다고 평을 듣는 사람들은 없을 게다. 돈 받은 만큼 일을 한다고 얼굴의 여기저기를 지적한다. "이마의 주름을 펴라." "눈썹을 심어라."

지인의 소개로 관상쟁이를 찾아간 적이 있다. 60대 후반의 할머니였는데 스스로 선생님으로 칭했다. 자세도 거만했다. 복채를 놓고 가든지 말든지 마음대로 하라고 보챘다. 그러면서 전화번호가 적힌 명함을 건넸다. 그 곳을 찾아가 얼굴을 손보라고 했다. 물론 손대지 않았다. 왠지 꺼림칙했기 때문이다.

나이 지긋한 NGO지도자들과 점심을 함께 했다. 모두 처음 뵙는 분들이었다. 이런저런 얘기를 나눴다. 식사 후 밖으로 나왔는데 한 어른이 다가와 말을 건넸다. "당신은 인상이 좋아 한 자리하겠는데요." 얼떨결에 듣는 말이어서 고맙다는 인사조차 건네지 못했다. 만약 얼굴에 손을 댔다면 어땠을까. 생긴 모습 그대로 사는 것도 나쁘지 않을 듯싶다.

42 동장군

겨울은 추워야 맛이라고 한다. 지구 온난화로 추위에 대한 경각심은 많이 풀어진 듯하다. 그래서 추위에 대해 별로 준비를 하지 않는다. 옷도 점점 얇아지고 있다. 두꺼운 외투 대신 기능성 옷이 유행한다. 최근 몇 년 사이 겨울을 잊고 지나간 해도 있었다. 살을 에는 듯한 추위가 없었기 때문이다.

내가 자란 시골은 유난히 추웠다. 차령산맥이 지나는 충청도 자락이다. 눈도 많이 왔다. 요강이 얼 정도로 혹독했다. 초가집 처마의 고드름은 어른 키를 훌쩍 넘었다. 아이들은 그것을 가지고 칼싸움을 하곤 했다. 눈이 오면 놀이의 천국이 된다. 언덕배기는 바로 눈썰매장이 됐다. 어른, 아이 할 것 없이 눈썰매를 즐겼다. 스릴도 만점이었다. 40년 전이 그립다.

서울에 올라온 지 30여 년 만에 가장 혹독한 추위를 만났다. 추위를 타지 않는 편인데도 몸이 움츠러들었다. 옷을 두껍게 입었지만 한기가 느껴졌다. 출근길의 다른 시민들도 마찬가지였다. 날씨가 차가워지면 외출을 삼간다. 건강을 생각해서다. 그러나 동장군은 인간의 적수가 되지 못한다. 사람은 극한 오지에서도 버티는 힘이 있다. 추위가 자주 찾아올 것이라는 예보가 이어진다. 춥고 배고프던 시절을 생각하면서 이겨내자. 그리고 봄은 온다.

43 빨간 머플러와 들기름

선물은 크든 작든 감동을 준다. 예쁜 포장도 그렇지만, 정성이 담겨 있기 때문이다. 주는 쪽도, 받는 쪽도 기쁘다. 서로 교환하는 것이 가장 좋다. 분수에 맞게 준비하면 된다. 오히려 너무 거창하면 상대방에게 부담을 줄 수 있다. 가능하면 꼭 필요한 것을 챙겨주라. 실용성을 먼저 따져보라는 얘기다. 추운 겨울날 머플러 같은 선물은 그 자리에서 바로 두를 수 있다. 친구 세 쌍이 뮤지컬을 관람했다. 두 시간 전에 도착해 근사한 식당에서 저녁을 먹었다. 한 친구의 아내가 선물을 돌렸다. 풀어보니 남자용 머플러였다. 내 것은 줄무늬가 들어있는 빨간색. 내가 좋아하는 색이었다. 마침 머플러를 하지 않고 나간 터라 목에 둘렀다. "잘 어울린다"고 모두 한마디씩 했다. 생각지도 않은 선물에 화답할 길이 없었다. 우리 부부는 빈손으로 갔기 때문이다.

어색한 찰나에 또 한 명의 친구 부인이 들기름을 주었다. 시골에 계신 친정 어머니가 짜서 보내준 것이라고 했다. 얼마나 귀한 선물인가. 그것도 대전에서부터 들고 가져왔다. 아내도 연신 머리를 조아렸다. 우리 부부는 케이크를 준비하려고 했다. 그런데 약속 시간을 대기 어려워 그냥 갔다. 변명인 셈이다. 30분만 일찍 출발했어도 가능했을 일이다. 집에 돌아오면서 아내에게 말했다. "다음 만남에는 같은 우를 범하지 말자."

44 독자가 보내준 삼행시

나는 정말 행복하다. 내 글을 읽어주는 사람이 있기 때문이다. 많은 사람들도 원하지 않는다. 단 한 명이라도 진심으로 봐준다면 고마울 뿐이다. 한 독자에게서 두 번째 삼행시를 받았다. 1년 전쯤 처음 받았던 기억이 난다. 삼행시의 제목은 내 이름 '오풍연'이다. 보통 정성이 아니다. 종종 댓글도 올려준다. 아직 뵙지 못한 분이다.

오: 오너라, 2011년 365일아 내 너를 달게 반기며, 친구로 여기겠노라.

풍: 풍성함은 어느 때보다 부하며, 마음의 풍만함은 절정으로 향하니 무엇인들 두려우리.

연: 연꽃처럼 각박한 연못에서 꽃을 피우며, 그 꽃마저 차로 남아 벗들에게 안겨주리라!

삼행시는 아니지만 유사한 형식으로 '2011'을 따와서 지은 시도 있다.

이: 이렇게 아름다운 벽두 아침.

천: 천상의 화두들 눈 되어 대지를 덮은 아침.

십: 십 리 밖 오랜 친구처럼 반겨하며, 벗하리.

일: 일상의 아름다움을 글로 옮겨 소소함을 나누리라, 작은 것을 기뻐

하는 영혼들이 있으니 올해도 미소가 가득하리라.

앞으로 어찌해야 할까. 독자의 바람대로 살아가련다. 순수함
을 잃지 않으며, 뚜벅뚜벅 걸어갈 생각이다.

45 새벽 메시지

보통 오후 9시가 넘으면 연락을 하지 않는다. 전화도 그렇고, 메시지도 그렇다. 급한 일이 아니라면 다음 날 낮에 하는 게 예의이기 때문이다. 대신 메일은 언제든지 보낸다. 상대방에게 부담을 주지 않는 까닭이다. 퇴근 후 집에 들어가면 휴대전화를 꺼놓는 이들도 있다. 사생활을 스스로 보호받기 위해서란다. 도가 지나친 게 아닌가 하는 생각도 든다.

새벽 잠결에 메시지 도착음이 들렸다. 거의 매일 안부를 주고받는 친구의 메시지로 생각하고 잠을 더 청했다. 아침에 열어보니 다른 친구가 보낸 것이었다. 보낸 시간은 오전 5시 35분. "친구야, 새해 인사가 늦었다. 어젯밤 꿈에 친구가 나왔는데 혹 무슨 일이 있는지?" 메시지를 확인한 뒤 바로 다이얼을 돌렸다.

"새벽부터 메시지를 주고, 무슨 일이 있나." 도리어 내가 물었다. "아니야. 꿈속에서 자네를 보았는데 표정이 밝지 않아 궁금해서 연락했네." 우선 나를 생각해주는 친구의 마음이 고마웠다. "선몽으로 생각해야 되겠구만. 올 한 해 좋은 일이 생기겠어." 꿈도 역발상이 필요하다. 찜찜해하면 종일 기분이 나쁠 수 있다. 긍정적으로 생각하면 된다. 꿈은 꿈일 뿐이다. 그러나 시간을 가리지 않고 생각해주는 친구가 있다면 더 이상 무엇을 바라겠는가.

다른 동물도 꿈을 꿀까. 아마 표현을 못해서 그렇지 그네들도 꿈을 꿀 것이다. 사람은 꿈을 많이 꾼다. 한 번도 꿈을 꿔보지 않았다는 사람도 있다. 아주 드문 경우든지, 거짓말을 하는 게 틀림없다. 악몽을 꾸면 왠지 기분이 찜찜하다. 그래서 몸을 조심하기도 한다. 좋은 꿈을 꾸면 덩달아 기분이 좋아진다. 다른 사람에게 말을 하지 않고 혼자 간직하는 이도 있다. 그것이 성사되기를 바라는 마음에서일 게다.

몸이 건강해야 좋은 꿈도 꾼다. 심신이 피곤하면 계속 악몽에 시달린다. 그것이 이어져 잠을 설치게 된다. 의지대로 되지 않는 것이 또한 꿈이다. 아무리 좋은 꿈을 꾸려고 해도 되지 않는다. 꿈은 꿈일 뿐이어서 그대로 이뤄지는 것을 기대하기는 어렵다. 그런데 믿고 싶은 것이 인간의 마음이다. 감정을 갖고 있기에 부자도, 거지도 다를 리 없을 듯싶다.

아들 녀석을 군에 보내고 셋이서 아침 식사를 한다. 내가 먼저 오늘 일진이 좋다고 얘기했다. "부러울 게 없는 신세다." 신문에 나와 있는 오늘의 운세였다. 장모님이 말을 받았다. 좋은 꿈을 꿨다고 하신다. '똥꿈'이었다. 예로부터 똥은 돈, 황금에 비유됐다. 내가 제안을 했다. "제가 꿈을 사겠습니다." 그리곤 5,000원을 드렸다. 출근길이 가벼웠다. 이런 게 사는 맛이 아닐까.

47 가까이 하고 싶은 사람

내 자신도 싫어질 때가 있다. 하물며 남은 어떻겠는가. 그래서 작심하고 두문불출하는 사람도 있다. 왜 그런지 물어본다. "인간이 싫다." 특히 배신을 당하면 그 증세가 심해진다. 그러나 평생 문밖을 나가지 않고 살 수는 없다. 어쨌든 누군가와 만남을 가져야 한다. 좋은 사람도 있고, 나쁜 사람도 있을 터. 가급적 좋은 만남을 이어가도록 노력해야 한다.

방송 출연을 계기로 진행자와 점심을 했다. 방송국에서는 시간 관계상 많은 대화를 나누지 못했다. 그래서 양해를 구한 뒤 시내로 초대했던 것. 그는 흔쾌히 응했다. "선배님, 11시 50분까지 가겠습니다." 정확히 3분 전에 도착했다. 시간관념이 철저하다는 느낌을 받았다. 물론 나도 현관으로 나가 그를 맞이했다. 굳게 악수를 하고 엘리베이터를 함께 탔다.

방송에서 나누지 못했던 일상사를 꺼냈다. 녹화 당시 처음 받았던 인상 만큼이나 솔직담백했다. 나이는 나보다 네댓 살 아래인데, 깍듯이 선배 대접을 받았다. 생각이 건전하고 진취적이었다. 내가 좋아하는 인간형이다. 1시간 30분이 어떻게 흘렀는지 모를 정도로 유쾌했다. 지하철로 이동하는 그에게 메시지를 보냈다. 바로 답장이 왔다. "든든한 후배가 되겠습니다." 이렇게 가까이 지내고 싶은 사람도 있다.

48 취중진담

술도 음식이다. 잘 먹으면 약이 된다. 그러나 잘못 배우면 한 순간에 모든 것을 잃는다. 자기가 한 행위를 까마득히 잊어버린다. 그렇기 때문에 술버릇을 고치지 못한다. 만약 비디오로 자신의 취중 행위를 본다면 얼굴을 못들 사람이 많을 게다. 남의 술 취한 모습을 자신에게 이입시키면 된다. 별반 다를 것이 없기 때문이다. 취중 진담이라는 말이 있다. 술에 취해 횡설수설하는 것 같지만 진실을 얘기한다. 가슴 속에 묻어뒀던 말을 내뱉는 것이다. 소극적인 사람일수록 술의 힘을 잘 빌린다. 사랑 고백도 술을 먹으면서 하는 경우가 많다. 그러나 듣는 사람은 진실로 여기지 않고 허튼 소리인 양 치부한다. 손뼉도 마주쳐야 소리가 난다. 그래서 혼자 속앓이를 하기도 한다. 퇴근 후 저녁을 먹고 있는데 친구에게서 전화가 왔다. "소주 한잔하고 있는데 나올 수 없나." 못 나간다는 사정을 얘기하고 적게 마실 것을 주문했다. 그런데 한 시간쯤 후 또다시 전화벨이 울렸다. 그 친구였다. "어찐 일인가." 내가 물었다. "그냥 전화 다이얼이 돌려지네." 관심이 없으면 두 번 다시 전화를 하지 않는다. 그런 친구가 있다면 고맙게 생각해야 한다. "나 역시 마찬가지일세. 술에 취한 뒤 이튿날 보면 지인 전화 한두 개가 찍혀 있어." 우리 둘은 한바탕 웃었다.

49 친구와 철학을 논하다

거의 새벽마다 친구와 대화를 한다. 전화 또는 메시지를 주고 받는다. 세상이 좋다 보니 외국에 나가 있어도 실시간 소통이 가능하다. 곁에 있는 것과 다를 바가 없다. 정신이 맑은 아침, 대화의 의미는 더하다. 기운이 용솟음침을 느낀다. 좋은 소식만 서로 전하기 때문이다. 그래서 매일 아침이 기다려진다. 그 친구 역시 같은 기분이란다.

종종 마음속 깊은 얘기도 한다. 말하자면 둘의 살아가는 방식, 철학인 셈이다. 성탄절 아침 메시지를 받았다. "그렇지. 세상의 세 가지 무상의 욕심들, 사람이 만들어놓은 무심한 욕심들이지. 그로 인하여 인생을 올인하고. 삶이 끝날 때쯤 되면 그제야 진실을 깨우치고. 그러한 인류의 진화 역사는 5천만 년 동안 지속됐지. 그 가운데 예수와 석가모니, 공자님 같은 성인이 나타나시고……."

내 삶의 메시지에 대한 답이다. "올해 자네를 만난 것은 큰 축복이야. 자네가 사업에 최선을 다하듯 나도 내 분야에서 최선을 다할 거야. 물론 자리에는 욕심이 없어. 그런 나를 이상하게 보는 것도 알고 있고. 하지만 그것이 앞으로 내가 나갈 인생일세." 내가 꿈꾸는 최고는 자리와 무관하다고 보기 때문이다.

또래의 친구나 선배들을 만나면 자식 얘기를 많이 나눈다. 대화의 소재가 비슷하기 때문이다. 대학입학, 군입대, 결혼은 공동의 관심사다. 한 사람이 말하면 모두 귀를 쫑긋한다. 같은 처지여서 이심전심이다. 말을 하지 않고 속앓이를 하는 사람들이 의외로 많다. 창피해서 드러내지 않을 뿐이다.

특히 자녀 결혼을 앞둔 분들의 고민이 많았다. 자식이 원수라는 말도 서슴지 않았다. 그래서 무자식이 상팔자라고 했던가. 부모와 자녀 간에 의가 상하는 경우도 있었다. 딸을 둔 부모의 걱정이 더 컸다. 한 지방 도시에서 교장으로 있는 분의 얘기를 전해 듣고 충격을 받았다. 결혼을 한 딸자식이 친정에 올 때마다 이것저것 챙겨가 아예 금족령을 내렸다고 한다. 얼마나 기막힌 일인가.

"자식 다 소용없어. 키울 때 뿐이지. 부부가 최고야." 이구동성으로 하는 말이다. 세태가 그러하니 받아들여야 하나. 자기 자식은 설마 안 그러겠지 생각한다. "저를 어떻게 키웠는데……." 믿는 도끼에 발등 찍히고 나서 개탄한다. 그렇다면 어떻게 해야 할까. 자식에 대한 집착과 미련을 버려야 한다. 서글프지만 그것이 현실이다. 아내에게도 미리 말해둔다. "아들에게 큰 기대는 하지 않는 게 좋겠어."

51 이웃사촌

　요즘은 형제들도 자주 만나지 못한다. 부모님이 돌아가시고 나면 그 횟수가 점점 줄어든다. 명절, 제사, 애·경사가 아니면 보기 어렵다. 그마저도 챙기지 않으면 남보다 못한 사이가 된다. 귀에 닳도록 우애를 강조하면서도 서로 실천하지 못한다. 바쁘고 사는 게 팍팍하다 보니 이심전심인 것 같다. 따라서 미안한 감정도 갖고 있지 않는 듯하다. 세태를 탓해야 할까. 형제보다 더 가까운 게 이웃이다. 서로 왕래가 잦고 자주 만나다 보니 정도 든다. "이웃사촌이 낫다"는 말도 그래서 나왔는지 모르겠다. 가까운 이웃끼리는 매일 만나다시피 한다. 각 가정의 대소사까지 속속들이 알게 된다. 주로 아내들이 모임을 주도한다. 여기에 남편까지 합세하면 판이 더 커진다. 남과 어울려 지내는 것은 좋다. 그것이 행복이다.

　아내가 어울리는 이웃사촌의 모임에 초대를 받았다. 동네에서 함께 운동을 하는 분들이다. 나이는 30대 후반에서 70대 초반까지. 직업도 다양했다. 정년 퇴직한 어른부터 조그만 자영업을 하는 분들까지. 뜻이 맞는 분들끼리 회비를 각출해 저녁 모임을 이어오고 있었다. 모두 편안하고 행복한 모습이었다. 얼굴에 그렇게 쓰여 있었다. 이처럼 행복은 멀리 있지 않다. 가까운 사람끼리 소중한 만남을 이어가면 된다. 나도 즐거웠다.

52 장편(掌篇) 에세이

오랜만에 아들 녀석의 컴퓨터 앞에 앉았다. 새벽 세 시를 조금 넘겼다. 서너 달 전까지만 해도 그랬었다. 그런데 요 몇 달은 불규칙했다. 잠을 자는 시간도, 일어나는 시간도 들쑥날쑥했다. 때문인지 두통으로 더 고생을 했다. 오늘은 푹 잤다 싶었다. 몸이 가뿐했다. 무엇보다 일상으로 복귀한 것 같은 느낌이 들었다. 매일 세 시쯤 일어나 백팔 배를 하고 냉수를 한 잔 마신 뒤 커피 향과 함께 하루를 시작했었다.

군에 간 아들도 조만간 제대를 한다. 입대한 것이 엊그제 같은데 세월이 참 빠르다. 몇 번의 외박, 휴가를 다녀갔나 싶었는데 전역을 한단다. 애지중지 키웠던 녀석이라 장모님과 아내가 특히 걱정했었다. 나 역시 아니라고 할 수 없다. 내색만 하지 않았을 뿐 부모의 심정은 똑같다. 녀석은 아빠에게 큰 선물을 안겨줬다. 군에 간 사이 놈과의 약속으로 에세이집을 세 권이나 냈다.

최근 더 기쁜 소식을 들었다. 한 출판사에서 네 권째 에세이집 의뢰가 들어왔다. 책을 진행하잔다. 타이틀도 제법 근사하다. 오풍연의 장편(掌篇) 에세이. 물론 가제다. 짧은 내 글에 타이틀을 붙여준 것. 이처럼 하나의 장르를 개척하고 싶은 것도 솔직한 나의 심정이다. 정말 작가의 길로 나아가고 있는 걸까.

2장

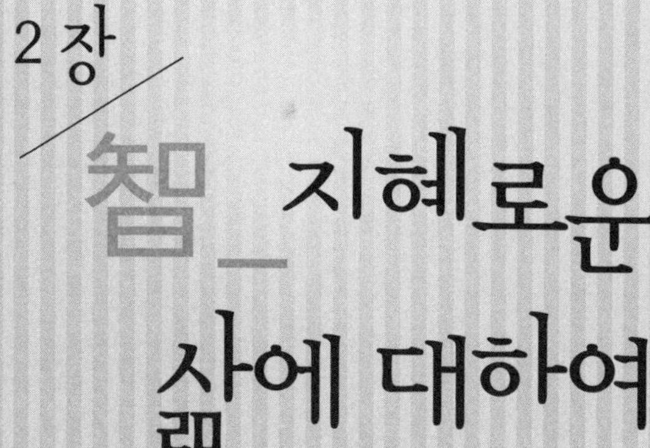

智 _ 지혜로운

삶에 대하여

리

진정 친구라면 쓴소리도 할 줄 알아야 한다.
처음에는 오해를 받을 수 있다. 그러나 시간이 지나면
진심을 알게 된다. 최고의 쓴소리꾼은 아내다.
부인의 말을 들어서 잘못된 경우는 거의 보지 못했다.
지금부터라도 쓴소리에 귀를 기울이자.

01 진짜 부자

누구나 부자가 되고 싶어 한다. 아니라고 하면 거짓말이다. '무소유'는 불가에서나 쓸 법한 얘기다. 일찍부터 부자가 되는 법을 가르치는 게 요즘 부모다. 돌잔치 때 돌잡이로 돈을 집게 하는 경우를 흔히 본다. 앞으로 돈 많이 벌어 잘살라는 부모의 희망일 터.

실제로 우리 사회에서는 성공해 부자가 된 사람들이 주목받는다. 맨주먹으로 일어선 사람들은 더욱 그렇다. 그들의 자서전은 불티나게 팔린다. 부자를 꿈꾸는 사람들의 욕구를 어느 정도 충족시켜주기 때문이다. 대리 만족도 한몫 거든다. 자본주의 사회에서 부자들은 존경받아 마땅하다. 그들이 있기에 전체적으로 삶의 질 또한 향상된다. 일자리를 창출하고, 부의 재분배를 통한 기여도를 무시할 수 없어서다.

그러나 세상이 각박해서 그런지 진짜 부자를 찾아보기 어렵다. 어떤 사람이 진짜 부자일까. 일전에 한 자리에서 선배가 물었다. "수조 원을 가진 재벌이 부자일까, 조그만 돈이라도 아낌없이 쓰는 사람이 부자일까." 나는 대답했다. "선배님이 진짜 부자입니다." 실제로 그 선배는 고향 사람들을 위해서라면 발 벗고 나선다. 크고 작은 행사의 비용을 대부분 혼자서 부담한다. 돈은 조건 없이 쓸 때 진정한 가치를 발휘한다.

자식 이기는 부모가 없다고 한다. 특히 결혼에 관한 한 그렇다. 아무리 반대해도 자식의 의지를 꺾을 수 없다. 갖은 수단을 다 동원해본다. 문밖 출입 금지는 기본, 그래도 결국 부모가 진다. 그렇다면 달리 생각해보아야 한다. 사랑으로 감싸는 게 최선이다. 내 자식은 말할 것도 없고, 남의 자식도 아껴야 한다. 그래야만 가족이 될 수 있다.

시골 친구가 첫 사위를 보았다. 마음에 들지 않는다며 내내 불평했다. 직업이 번듯하지 못하고, 돈도 없다는 게 이유였다. 거기에다 편모 슬하라며 딸을 애처로워했다. 단도직입적으로 "사람은 어떠냐"고 물어봤다. "딸을 지극히 아끼는 것 같았고, 몇 번 지켜본 결과 성실해보였다"고 했다. 그 대답을 듣고 나는 곧장 "그럼 됐다"고 결혼을 승낙할 것을 권유했다.

옛말에 틀린 것은 없다. "성실하면 밥은 굶지 않는다"는 속담이 있다. 쉰을 넘기면서 며느리, 사위감 걱정을 하게 된다. 무엇을 기준으로 삼을까. 성실성을 제일 먼저 꼽고 싶다. 무엇보다 성실한 사람은 성공할 확률이 높다. 주변을 둘러봐도 그렇다. 성실성은 부모를 닮는 법, 스스로에게 부끄러움이 없어야 한다.

집안에는 가훈, 학교에는 교훈이 있다. 모두 좋은 말뿐이다. 그중에서도 정직이 가장 흔할 것 같다. 바르고 곧게 살아가야 한다는 의미에서다. 그러려면 거짓말을 하지 말아야 한다. 하지만 이를 실천하는 게 쉽지 않다. 곰곰이 생각해보라. 한 번도 거짓말을 하지 않았다고 하면 거짓이다. 예수, 공자, 석가모니, 마호메트 등 성인도 거짓말을 하지 않았을 리 없다. 순진무구하고 완벽한 사람은 없기 때문이다.

그렇다면 어떻게 살아야 할까. 상대방이 금세 알 수 있는 거짓말을 하면 안 된다. 그것은 하면 할수록 눈덩이처럼 커진다. 자신도 감당할 수 없게 된다. 자기 최면에 걸리기도 한다. 결과는 '가짜 인생'으로 전락한다. 그런 사람들이 의외로 많다. 이른바 사기꾼이 그들이다. 현란한 말 속에 악이 꿈틀거리고 있는 것이다.

사업하는 친구를 만났다. 둘이서 서울 강남 한복판에 있는 봉은사를 찾아 거닐었다. "내가 거짓말을 못해 손해를 많이 보는 것 같아." 요즘 어려운 처지의 친구가 내뱉었다. "그렇지 않네. 거짓말은 위선이야. 자네는 반드시 일어날걸세." 친구를 위로했다.

좋은 약은 입에 쓰다는 속담이 있다. 그래야 효과가 있다는 뜻일 게다. 매사가 그렇다. 쉽게 성사되는 일은 드물다. 그만한 노력과 공을 들여야 결실을 맺을 수 있다. 정작 성취한 사람은 겸손하다. 모든 것을 운으로 돌린다. 반면 실패한 사람은 말이 많다. 100가지 이유도 더 댄다. 그럴 때는 머리가 매우 영특하다. 하나만 알고, 둘은 모르는 부류다.

남의 말을 귀담아 듣는 것을 배워야 한다. 특히 쓴소리를 경청할 줄 아는 사람이 기회를 잡는다. 그런데 많은 사람들이 이를 간과한다. 버럭 화를 내는 이들도 적지 않다. 그러다 보니 아첨꾼이 늘게 된다. "남이 뭐라고 해도 내 앞에서 잘하는데 미워할 수 있겠습니까." 오래 전 정부 고위층이 전한 말이다. 이 경우 양자에게 문제가 있다. 둘은 나중에 법정에 서기도 했다.

진정 친구라면 쓴소리도 할 줄 알아야 한다. 처음에는 오해를 받을 수 있다. 그러나 시간이 지나면 진심을 알게 된다. 최고의 쓴소리꾼은 아내다. 부인의 말을 들어서 잘못된 경우는 거의 보지 못했다. 지금부터라도 쓴소리에 귀를 기울이자.

05 폭탄주는 이제 그만

남자 세계에서 술은 청량제다. 처음 보는 사람끼리도 몇 순배 돌다보면 금세 친해진다. 내외국인 가릴 것이 없다. 인류는 똑같기 때문이다. 술은 소통을 원활하게 하는 윤활류인 셈이다. 그러나 과한 것은 금물이다. 술로 인해 망가지는 경우를 많이 본다. 그것도 한순간이다. 나중에 후회한들 소용이 없다. "앞으론 술을 끊어야지." 몇 번이고 각서를 쓴다. 작심삼일. 술은 꼭 마약 같아서 다시 입에 대곤한다.

폭탄주가 인기다. 이제는 남녀노소 모두 즐긴단다. 어떻게 받아들여야 할까. 마냥 나쁘다고만 할 수 없다. 술은 즐기기 위해 마시는 법. 기쁨이 배가된다면 만들어 먹어도 괜찮다고 본다. 나 또한 폭탄주를 즐겨 마신다. 그래서 기피 인물이 될 때도 많다. "오 기자를 만나는데, 또 폭탄주를 하려나." 지인들은 나를 늘 경계한다. 그러다 보니 에피소드만 모아도 책 한 권쯤 될 듯싶다.

무엇보다 자기 주량을 알아야 한다. 그래야 실수를 하지 않는다. 나중에는 술이 술을 부른다. 연말이나 인사철, 학기 초에는 술자리가 잦다. 그래도 폭탄주는 자제하는 편이 훨씬 낫다.

06 남자의 질투심

'사촌이 땅을 사면 배가 아프다' 는 속담이 있다. 인간의 가슴 속에 숨어 있는 질투심의 발로다. 질투심이야말로 역사를 바꾸곤 했다. 동서양의 전쟁도 그것 때문에 일어났다. 그런데 질투심은 보통 여자의 속성인 양 말한다. 남성 우월주의의 반증이다. 남자의 질투심도 대단하다. 안 그런 양 속내를 감출 뿐이다.

남편이 잘됐다고 하자. 누가, 얼마나 축하해줄까. 진정으로 좋아할 이는 아내와 직계 존속뿐이라고 본다. 자신을 낳아준 부모와 자식들은 변함이 없다. 그러나 형제지간에도 그렇지 못하다. 경쟁 관계가 성립돼 있는 까닭이다. 물론 말로는 축하를 건넬 것이다. 부러워하는 마음이 발동하면, 진정성을 읽기 어렵다. 그렇다고 탓할 일은 아니다. 자기 자신도 똑같기 때문이다.

친구들은 어떨까. 진심으로 축하해줄 이는 많지 않을 것이다. 한 명만 있어도 인생을 잘 산 경우다. 처음과 끝이 한결같은 사람은 드물다. 그런 사람이 아주 없는 것은 아니기에 인생은 살맛난다. 자기 자신부터 질투심을 버려야 한다.

07 망각병

　　살다보면 당혹스러운 일을 많이 겪는다. 그래서 운명이라는 말이 생겼는지도 모르겠다. 전혀 예상치 못한 상황에 직면하면 허둥대기 마련이다. 한 선배가 있었다. 늦장가를 갔는데 맞선만 100여 차례 이상 봤단다. 똑같은 여자를 두 번 만난 일도 있었다고 한다. 선을 볼 때 마음이 맞지 않으면 일찍 헤어지기 마련이다. 상대방을 제대로 기억할 리 없다. 한참 대화를 하던 중 몇 달 전　기억이 나더란다. 상대방도 같은 처지여서 웃으며 헤어졌다고 털어놨다.

　　나도 최근 비슷한 경험을 했다. 나이 지긋한 분을 뵈었는데 그분이 먼저 아는 체했다. 순간 기억이 나지 않았다. 한 살이라도 젊은 사람이 알아보고 인사를 드리는 게 도리다. 그래서 이실직고했다. "저도 뵌 것은 같은데 기억나지 않습니다. 자세히 말씀해 주시겠습니까." 몇 달 전 운동을 함께 한 분이었다. 그제서야 다시 한 번 예를 갖춰 정중히 인사를 드렸다.

　　많은 것을 잊고 산다. 특히 사람을 잊어버리면 무안할 때가 많다. 내가 아는 사람은 모두 소중히 생각해야 한다. 챙기려는 노력도 그만큼 필요하다.

멋있는 남자들이 많다. 하긴 남성 전용 부띠끄도 생긴 마당이다. 옛날에는 상상할 수조차 없었다. 남자들이 미용실을 이용하는 것은 다반사다. 이발소를 찾기 어려운 게 현실이 되고 말았다. 동네 이곳저곳을 돌아다녀야 한두 곳이 있을까 말까 할 정도다. 게다가 '퇴폐'의 대명사쯤으로 여기니 선뜻 들어가기도 망설여진다. 오랫동안 단골 목욕탕 이발사에게 머리를 맡긴 이유다.

남자가 멋을 내는 데도 그럴 만한 까닭이 있을 게다. 우선 깔끔하고 멋있는 사람이 대접을 받는 세상이 됐다. 면접 시험장에서도 그렇단다. 그래서 남성 성형도 유행한다. 성형이 이제는 여자의 전유물이 아니다. 생존 차원이라면 탓할 수도 없다.

그러나 나의 남성관은 다르다. "일을 열심히 하는 사람이 가장 멋있다"고 늘 말한다. 자기 일에 최선을 다하는 사람을 볼 때 더 아름다워 보인다. 그들은 누가 보든, 보지 않든 아랑곳하지 않는다. 성공의 비결도 여기에 있다. 땀 흘려 일하는 사람은 반드시 보상을 받는다. 그것이 세상의 이치다. 남자들이여, 더욱 열심히 살자.

09 과유불급(過猶不及)

아직도 골프는 사치스러운 운동이다. 대중화를 얘기하지만, 그들(나를 포함)만의 얘기다. 왜냐하면 비용이 만만치 않기 때문이다. 장비는 그렇다 치자. 이용료가 너무 비싸다. 직장인들은 평일 골프가 어렵다. 그래서 주말을 이용해 나갈 수밖에 없다. 수도권의 경우 그린피만 20만 원을 상회한다. 게다가 캐디피 10만 원, 카트 사용료 8만 원이 기본이다. 먹는 것까지 합하면 1인당 30만 원이 모자란다.

공무원 '골프금지령'을 곧잘 내리는 것도 이런 이유에서일 게다. 위화감을 조성하기에 딱 맞다. 홍역을 치른 고위공직자도 여러 명 있다. 그런데도 근절되지 않은 이유는 뭘까. 무엇보다 재미있는 까닭이다. 그래서 기를 쓰고 출정한다. 수법 역시 가지가지다. 자기 차량은 절대로 이용하지 않는다. '007작전'에서나 볼 법한 수단들이 동원된다.

기자 또한 조심스럽다. 접대 골프를 경계하는 협회 신문 광고도 본다. 취재원과의 소통을 위해 필요한 대목도 있긴 하다. 그러나 지나침은 아니함만 못하다. 먼저 요구하는 기자들도 적지 않단다. 비판자의 입장에서 처신을 잘해야 한다.

10 위장 부부

가짜가 참 많은 세상이다. 짝퉁이 판친다는 얘기다. 우리나라도 예전에 짝퉁 국가라는 오명을 들었다. 지금은 중국이 그 자리를 차지하고 있다. 제품뿐만 아니라 사람까지 짝퉁이 등장했다. 한국의 '걸 그룹'이 인기를 끌다보니 모방이 시작됐단다. 중국판 '소녀시대' 등이 똑같은 차림새로 인기를 모으고 있다는 보도다. 한류(韓流)의 연장선으로 봐 기분이 나쁘진 않다.

이혼이 늘면서 웃지 못할 해프닝이 벌어진다. 분명히 갈라섰다는 얘기를 들었는데 부부로 나타난다. 모임에서는 어느 부부보다 금슬이 좋아 부러움의 대상도 된다. 이를 모르는 배우자로부터 핀잔을 듣기 일쑤다. 그런데 이후 상황을 보면서 쓴웃음을 짓는다. 그렇게 사이좋은 양 하던 부부가 헤어지면서 각자 다른 방향으로 간다는 것. 위장 부부 행세를 한 셈이다.

결혼에 관해 다시 한 번 생각해본다. 이혼은 하지 않는 것이 좋다. 당사자는 물론 모두에게 불행하다. 특히 자식들의 아픔은 무엇보다 크다. 그들에겐 잘못이 없다. 가슴에 응어리를 갖게 해서는 안 된다. 부모 노릇을 제대로 하려면 본보기를 보여야 한다.

11 네 편, 내 편

대기업 고위 임원을 만났다. 임원은 하늘의 별 따기 만큼이나 어렵다. 그 비결을 물었다. "운이 90%입니다. 그런 자리에 있지 않았다면 불가능했을 겁니다." 사주가 어려운 처지에 있었는데, 이를 수습하는 위치여서 눈에 띈 것 같다고 했다. 말하자면 인사로 보상을 받았다는 얘기다. 솔직한 그의 답을 듣고 보니 수긍이 갔다. '운칠기삼'이 아니라 '운구기일'로 바뀌어야 될 듯하다.

어느 직종이든 편이 있다. 내 편이 있으면, 네 편도 있기 마련이다. 둘은 물과 기름 같아서 합치기 어렵다. 그래서 '줄 서기'를 강요하는 곳도 있다. 혜택을 볼 수 있다면 흔들리기 쉽다. 어느 한쪽으로 승부수를 던지는 것이다. 능력에 따른 인사를 한다지만 팔은 안으로 굽기 마련이다. 편 가르기가 계속 될 수밖에 없는 이유다.

물론 어느 편에도 들지 않고 자기 일만 묵묵히 하는 사람들이 있다. 그런 사람들이 대우받아야 마땅하다. 그러나 현실은 그렇지 못하다. 사는 방식을 바꿔야 할까.

인생을 길게 보라. 후회없는 삶은 자기 스스로 개척하는 법이다.

12 빈말

말은 참 중요하다. 말이 중요한 첫 번째 이유는 의사소통이다. 그것을 통해 오늘날 문명이 이루어졌다고 해도 과언이 아니다. 인간이 다른 동물에 비해 우월적 지위를 누리는 것도 말과 무관치 않다. 그렇게 소중한 데도 이를 잊고 산다. 누구나 제약 없이 사용하기 때문이다. 말이 없는 세상을 그려보라. 암흑과 다름 없을 것이다.

말에도 실속이 있다. 잘하면 큰 이득을 보게 된다. 경제적 이익뿐만 아니라 입신양명의 수단이 되기도 한다. 특히 정치인들에게 말은 그 무엇보다 소중하다. 한 번의 말실수로 화를 입으면 만회하기 어렵다. 아무리 조심하려고 해도 못 말리는 게 말이다. 은연 중 튀어나오는 까닭이다.

가장 신경써야 할 것이 빈말이다. 실속이 없는 말은 할수록 가치를 떨어뜨린다. 지키지 못할 말을 꺼내지 말라는 것이다. "밥 한번 먹자. 술 한잔하자"라는 말을 아무 때나 던진다. 문제는 별로 마음이 없다는 것. 부부간에도 그렇다. 빈말은 가급적 자제해야 한다. 실천하지 못할 말은 안 하는 게 훨씬 낫다. 나 역시 다짐한다. 빈말은 하지 않기로…….

13 재수생

　"시험이 없는 세상에서 살고 싶다." 학생들이 곧잘 하는 말이다. 이 같은 유서를 남기고 일찍 세상을 뜨는 어린이까지 있다. 비극이 아닐 수 없다. 그러나 인류가 존재하는 한 그것이 사라지는 않을 것이다. 과거에도 그랬고, 현재와 미래도 똑같다. 숙명으로 받아들이는 게 좋을 듯싶다.

　모든 시험에서 다 붙기란 어렵다. 한두 번은 떨어진 경험이 있을 터. 가장 힘든 것이 대입 재수다. 감수성이 예민한 시기여서 견뎌내기가 쉽지 않다. 이 기간 역시 자기와의 싸움이다. 그 싸움에서 이겨야 소기의 목적을 달성할 수 있다. 물론 주위의 관심과 성원도 꼭 필요하다.

　나도 재수를 했다. 학원을 다니는 게 정말 창피했다. 그래서 한 달만 다니고 다시 고향으로 내려갔다. 그곳에서 농사를 지으며 공부를 했다. 말하자면 독학을 한 셈이다. 결과는 썩 좋지 않았다. 하지만 얻은 것도 많았다. 무엇보다 자신감이다. 대전 조카 녀석이 재수를 한단다. 여자 아이인데 매우 씩씩하다. 좋은 결과가 있기를 기대해본다.

각자 살아가는 방식이 다르다. 자기의 삶이기에 탓할 순 없다. 모든 사람에겐 이기심이 있다. 그러나 기회주의자가 보다 많기에 문제다. 그들은 손해보는 일을 절대로 하지 않는다. 득이 된다고 판단되면 물불을 가리지 않는다. 이들의 가장 흔한 수법은 상대방 흠집 내기다. 그런 다음 유리한 위치를 점한다. 아주 치사한 짓이다.

반면 원칙을 중시하는 이는 드물다. 원칙론자로 꼽히면 경계의 대상이 되기 때문이다. 하급자일수록 더하다. 인사상 불이익을 당하기도 한다. 원칙을 내세워 바른말을 했다가 역공을 당하는 것이다. 그런 사례가 많기에 '예스 맨'을 양산한다.

4성 장군 출신을 만났다. 군에서 요직을 모두 거친 분이다. 사단장, 군단장, 군사령관, 합참의장까지 지냈다. 군내에서 신망이 두텁고, 장관감으로 꼽혔다. 하지만 원칙주의자라는 이유로 장관 후보에서 탈락했다고 한다. 자리를 걸고 정부 정책에 끝까지 반대했던 일화를 털어놨다. 정부가 부담을 느낄 수밖에 없는 대목이다. 그래서 말했다. "대통령 명령도 '아니오' 할 수 있는 당신이 진정한 군인입니다. 이미 국방장관을 한 것이나 마찬가지입니다."

15 과정과 결과

　무릇 일에는 과정이 있다. 처음부터 결과가 나오지 않는다. 공을 들여야 결과를 얻을 수 있다. 그래서 계획을 세우는 등 준비를 철저히 한다. 그렇다면 과정이 중요할까, 결과가 중요할까. 말할 나위 없이 결과다. 과정이 아무리 좋아도 결과가 신통치 않으면 평가받지 못한다. 또 만족할 수도 없다.

　과정이 중요하지 않다는 얘기는 아니다. 그러나 과정에만 집착해서는 안 된다. 과거지향적인 것은 곤란하다. 결과는 나와 있는데 지난날의 과정을 더 강조한다. 그런 사람들은 1등을 할 수 없다. 특히 선거에서의 2등은 무의미하다. 그럼에도 간발의 차이로 당선이 안 됐다며 스스로 위안을 삼는다.

　따라서 미래지향적일 필요가 있다. 그것은 결과와 직결된다. 앞을 내다보고 최선을 다하면 좋은 결과를 얻을 수 있다. 과정은 수단일 뿐이다. 또 결과지상주의에 빠져도 안 될 일이다. 결과에만 매달리면 많은 것을 잃게 된다. 득보다 실이 더 클 수도 있다. 타인에게 씻을 수 없는 상처를 안겨줄지도 모른다. 과정과 결과, 둘의 조합이 절대적으로 필요하다.

16 동네 이발사

사람들은 편한 데를 선호한다. 그래서 단골집이 생기기 마련이다. 같은 종류의 물건을 파는데도 수십~수백 개의 상점이 문을 닫지 않는 이유다. 음식점도 마찬가지다. 주로 다니는 곳만 이용한다. 그곳에 가면 아늑함을 느낀다. 주인 및 직원들과 친한 까닭도 있을 게다.

동네 목욕탕에서 이발을 한다. 이발사가 아주 정성껏 머리를 깎아준다. 구수한 전라도 사투리도 멋있다. 무엇보다 단골을 대하는 자세가 남다르다. 손님이 며칠 만에 왔는지 정확히 기억한다. 나도 매번 경험을 했다. 그 비법을 물어봤다. "단골손님은 메모를 해둡니다. 오실 날짜를 알 수 있지요. 제가 자리를 비우게 될 경우 미리 연락을 드리기도 합니다." 헛걸음을 방지하려는 그의 배려가 엿보인다.

단골을 만들기 위한 조건은 뭘까. 친절과 배려라고 본다. 친절하지 않으면 손님은 두 번 다시 찾지 않는다. 거기다 배려까지 더해주면 두말할 나위가 없다. 이 두 가지 조건은 사회생활에서도 꼭 필요한 덕목이다. 모두 명심하자.

17 공부하는 사람

"잘 지내는지요? 한 해, 참 힘들었습니다. '밥값' 하기가 쉽지 않네요. 그러나 또 새해는 단단하게 일하겠습니다." 한 초선 의원이 연초 보내온 의정 보고서의 첫 장이다. 그는 비록 초선이지만 지명도가 꽤 높다. 언론에서는 '중량급 초선'이라는 신조어도 만들었다. 그가 각광을 받는 데는 그럴 만한 이유가 있다. 특유의 성실성이 그 이유다.

그의 새해 각오에서도 읽혀진다. "항상 공부가 부족하다고 느낍니다. 바쁘다는 핑계로 공부는 적게 하고 말만 많이 하게 되기 십상입니다. 생각을 다듬고 키우는 시간을 만들겠습니다. '생각의 사람'이 되려고 합니다." 평소에도 공부를 많이 하는 분이다. 차관을 끝으로 공직을 떠난 후에도 정규 대학원 과정을 마쳤다.

공부하는 국회의원. 그가 던진 화두는 모든 의원에게 해당된다. 국회의원의 현주소는 어떨까. 공부를 등한시한다는 게 많은 이들의 판단이다. 그러다 보니 전문성이 떨어진다는 지적을 받는다. 물론 공부할 여건이 좋은 편은 아니다. 핑계 없는 무덤이 없다고 했다. 공부하려는 마음가짐이 보다 중요하다.

아내들이 제일 좋아하는 것이 뭘까. 백 명에게 물어본다. 답은 한결같다. 돈이다. 돈 싫은 사람이 있겠느냐만은 지나칠 정도로 집착한다. 세태가 그렇기에 받아들여야 될 듯싶다. "돈을 실컷 써봤으면 좋겠다." "많이도 필요 없어. ○백만 원이면 충분해." 이같은 아내들의 바람을 충족시켜 줄 남편이 얼마나 될까.

지인을 만났다. 정치권에서 잔뼈가 굵은 분이다. 여러 차례 출마를 시도했음은 물론이다. 그때마다 쓴잔을 마셨다. 한번 들여놓으면 발을 끊기 어려운 게 정치다. 그는 정치에서 손을 완전히 뗐다. 대단한 결단이 아닐 수 없다. 현재는 사업을 하고 있다. 미련이 없느냐고 물어봤다. "앞으로도 정치에 관여하지 않을 것"이라고 단언한다.

무엇보다 아내가 좋아한다고 했다. 정치를 하다보면 나가는 돈이 훨씬 많다. 월급 봉투가 두꺼워지니 생활도 여유로워진다. 가족과의 시간 역시 늘어난다. 모처럼 남편, 아빠로서 얼굴도 선다고 자랑했다. 그의 얼굴에서 편안함이 느껴진다. 때론 아내의 충고가 인생의 항로를 바꾸기도 한다.

19 무관심

관심은 꼭 가져야 한다. 상대방에 대한 배려의 필수 조건이다. 그것이 없다면 관계가 오래 가지 못한다. 관계 역시 사회생활에서 중요한 요소다. 관계를 맺어야 무슨 일이든 할 수 있다. 이처럼 세상은 톱니바퀴처럼 돌아간다. 이를 거스르면 역작용이 생긴다. 그 출발점인 관심을 하찮게 여기면 안 되는 이유다.

따라서 무관심이 제일 나쁘다. 그렇다고 간섭하라는 얘기는 아니다. 관심과 간섭에는 분명한 차이가 있다. 관심이 선의에 의한 것이라면, 간섭은 훼방하려는 의도도 없지 않다. 내가 상대방의 관심을 끌지 못하면 의욕이 꺾이게 된다. 관심은 최소한의 예의라고도 볼 수 있다. 무관심은 버려야 할 습속이다.

그런 무관심이 때론 환영받는단다. 고교 친구가 일화를 들려줬다. 딸 아이가 서울대생명과학부에 들어갔다. 부러움을 사기에 충분했다. 친구의 역할이 궁금했다. "어설피 끼어드는 것보다는 무관심이 훨씬 낫대." 입시 제도가 자주 바뀌어 아빠의 역할을 찾을 수 없다는 것이다. 나 역시 그랬었다. 결론이 도출됐다. 입시 당사자쯤 되어야 무관심을 넘어설 수 있다는 것을……

출근하면 먼저 하는 것이 이메일 확인이다. 밤새 새로운 소식이 들어오기 때문이다. 여성 사업가의 이름이 있었다. 25가지 후회에 대한 글을 보내왔다. 찬찬히 읽어보았다. 누구에게나 해당되는 사례였다. 건강, 죽음, 결혼, 고향, 연애, 겸손, 친절 등 구구절절이 가슴에 와닿았다.

인사 겸 전화를 걸어 감사함을 전했다. 글의 소재가 될 것 같아 보냈다고 했다. 지인에게 물었다 "가장 후회하는 일이 무엇입니까?" 잠시 뜸을 들이는 듯했다. 이어 "결혼을 하지 않고, 자식이 없는 것"이라고 답했다. 그는 쉰이 넘었지만, 일에 파묻혀 지금까지 싱글로 있다. 미안한 생각도 들었다. 아픈 구석을 찌른 것 같았다.

그렇다. 후회를 하지 않고 살 수는 없다. 100% 만족한 삶은 생각하기 어렵다. 그것을 최소화하려는 노력이 선행돼야 한다고 본다. 그러려면 진지하게 살아야 한다. 그리고 순리를 따르는 것이 좋다. 태어나서, 결혼하고, 살다가, 죽는 것이다. 자연의 이치와도 같다.

21 직장 옮기기

누구에게나 직업 선택의 자유는 보장돼 있다. 그만큼 신성하다는 뜻이다. 직업이란 무엇인가. 근로를 제공하고 그 대가를 받는다. 그래야 가계를 꾸리거나 생활할 수 있다. 다시 말해 생계를 유지할 수 있는 수단인 셈이다. 어떠한 직업이든 소중하다. 하찮게 여겨서는 안 된다. 귀천이 있을 수 없다는 얘기다.

요즘 평생 직장은 찾기 어렵다. 사오정도 옛말이 됐다. 5년 정도 낮아진 느낌이다. 마흔에 회사를 그만둔 사람들을 흔히 볼 수 있다. 자의로 떠난 것이 아니다. 그러다 보니 갈 곳이 없다. 집에서 나가지도 못한다. 실업수당으로 몇 달은 버틴다지만 앞길이 막막하다. 옛 직장을 그리워하면서 인고의 시간과 싸워야 한다.

직장을 쉽게 옮기는 이들이 있다. 물론 능력이 있어서 영입 제의를 받으면 문제될 게 없다. 그러나 보수 등이 마음에 들지 않는다고 사표부터 쓰는 사람들도 있다. 대책이 없다고 하겠다. 지금 일터를 평생직장으로 알고 다니는 게 상책이다. 한 우물을 파라는 옛말이 있지 않은가.

22 카리스마

　　다소 우월적 지위에 있는 사람들에게 붙이는 말이 있다. 카리스마가 있다는 말이다. 나쁜 의미보다는 좋은 뜻에서 더 많이 쓴다. 실패한 사람에게는 적용되지 않는다. 요즘은 너무 많이 사용해서 탈이다. 조금만 튀어도 카리스마 운운한다. 듣는 이도 싫어하지 않는 눈치다. 칭찬이라는 것을 알기 때문이다. 만약 그것이 욕이라면 화를 낼 것이다.

　　성공한 사업가와 만났다. 이런저런 얘기 끝에 카리스마에 대한 이야기가 나왔다. 실전 경험이 많은 그분은 이렇게 판가름했다. "정치고 사업이고 성공하려면 카리스마가 있어야 합니다. 그것 없이는 절대로 큰일을 할 수 없습니다." 그러면서 최근의 정치 상황도 언급했다. 한 유력 대권 후보에 대해 실망감을 드러냈다. "카리스마가 있는 줄 알았는데 아니었습니다." 그릇이 작다는 얘기였다.

　　카리스마는 어디에서 나올까. 물론 자기 자신으로부터 풍겨야 한다. 또 남이 인정해주지 않으면 소용이 없다. 주관적이고, 상대적이랄 수 있다. 카리스마가 성공의 척도라고도 한다. 그렇다면 그것을 만들기 위해 노력해야 할 것 같다.

23 안달뱅이

　　우리 민족에겐 빨리빨리 근성이 있다. 무슨 일이든 급히 해치우려고 한다. 일을 그르칠 수 있는데도 세계 최단 기록을 자랑하곤 한다. 한국인의 특허가 된 느낌이다. 과연 내세울 만한 일인가. 공사기간 단축 등은 매력적이다. 비용면에서도 효과가 크기 때문이다.

　　아이들은 부모를 많이 보챈다. 그러면 안달뱅이라고 꾸중을 듣는다. 더러 매 맞은 기억도 있을 것이다. 세 살 적 버릇 여든 간다고 했다. 어려서 걸핏하면 속을 태우고 조급하게 굴었던 이들은 커서도 같은 행동을 반복한다. 이를 바로잡기 위해서는 부모의 역할이 크다. 아이들에게 모범을 보이기 위해 부모부터 조급증을 버려야 한다.

　　어떻게 해야 조급증을 버릴 수 있을까. 우선 마음의 여유를 갖고 평정심을 찾아야 한다. 과민하면 짜증이 날 수 있다. 만만디로 가는 것도 좋다. 조금 쉬어 간다고 늦지 않는다. 그러려면 지금 상황에 만족해야 한다. 현실을 부정하다 보면 쫓기게 되고 급해진다. 안팎에서 안달뱅이라는 말은 듣지 말자.

24 덕담

남의 운명을 점치기간 쉽지 않다. 자신의 운명도 모르면서 남의 운명을 애기한다는 게 이치에 맞지 않아서다. 그러나 점집은 여전히 성업중이다. 정치인, 재벌, 고위 공직자들이 단골이다. 큰 일을 하기 전 꼭 들러 점을 본다. 그러면 다소 안도감이 생긴단다. 전혀 과학적이지 않은 미신에 빠져들고 있는 것이다.

기왕 남의 사주를 봐주려면 희망을 주는 것이 좋다. 그런데 불안감을 조성하기도 한다. 굿을 하지 않으면 큰일날 듯 난리친다. 찜찜한 까닭에 수백만 원을 들여 굿판을 벌인다. 수천만 원~수억 원을 갖다 바치는 경우까지 있단다. 뒤탈이 생기기 마련이다. 멀쩡한 가정이 풍비박산 나고, 생이별을 하기도 한다.

대신 덕담을 건네면 된다. 우선 상대방이 기분 좋아 한다. 머지않아 장관되고, 사장이 된다는데 싫어하는 사람이 있겠는가. 실제로 곧 장관이 될 것이라며 세 명에게 덕담을 했었는데 모두 그대로 됐다. 정치권의 생리를 알고 있어 예언을 했는데 적중한 셈이나. 물론 낭사자들은 고마워 한다. 그러면 덕담을 또다시 건넨다. "다음 개각 때는 총리가 될 겁니다." 모두 싫어하지 않는다.

25 사즉생(死卽生)

혼자 해결하기 힘든 일이 있다. 아무리 밤잠을 설쳐가며 궁리해도 해법이 안 나온다. 거듭 한계만 절감한다. 이 세상에 태어난 것 자체가 원망스럽다. 이쯤되면 자포자기 상태에 이른다. 어떤 일을 할 의욕도, 의지도 없다. 심지어 자살까지 생각하게 된다. 나약한 사람들이 마지막 걷는 길이다.

그러나 죽음을 각오한다면 두려울 일이 없다. 무슨 일이든 할수 있다. 흔히 말한다. "죽기밖에 더 하겠느냐." 최악의 경우다. 이런 사실을 알면서도 그렇게 하지 못한다. 죽을까봐 두려워서 엄두를 못 내는 것이다. 죽기를 각오했다는 것도 거짓말이다. 마음을 완전히 비워야 그 순간에 도달할 수 있다. 육체보다 마음이 더 중요한 이유다.

옛 어른들은 사즉생(死卽生)을 강조했다. 죽고자 하면 살 수 있다는 뜻이다. 이순신 장군은 이를 실천했다. 건곤일척의 위기에서 죽을 각오로 싸워 나라를 지켰다. 후대에게 귀감이 됐다. 요즘 정치인들을 보자. 누구를 위하여 싸우는가. 국가와 나라는 말뿐이다. 자기를 위해 살고자 한다. 사즉생의 진정한 의미를 들려주고 싶다.

26 같은 말이라도……

동가홍상(同價紅裳). 같은 값이면 다홍치마라는 뜻이다. 품질이 좋은 것을 고른다는 얘기다. 사람의 심리는 똑같다. 좋은 것과 나쁜 것이 있으면 좋은 것을 선택한다. 명품을 찾는 이유일 게다. 비단 물건뿐이 아니다. 말도 그렇다. 들어서 좋은 말, 나쁜 말이 있다. 좋은 말을 듣고 싶어 하는 것은 인지상정이다.

신체에서 가장 중요한 게 얼굴이다. 첫인상을 주고받기 때문이다. 그래서 신경을 많이 쓴다. 조금이라도 잘 보이기 위해서다. 자신을 위해, 남을 위해 그렇다. 얼굴을 보면 그 사람의 건강 상태도 대충 짐작할 수 있다. 건강한 사람은 얼굴빛이 좋다. 반면 아픈 사람은 얼굴빛도 좋을 리 없다. 얼굴에 그대로 쓰여 있는 까닭이다.

특히 아픈 사람에게는 말조심을 해야 한다. 가장 듣기 싫은 얘기가 있다. "얼굴이 안 좋은데, 혹시 병이라도……." 이런 질문을 무심코 던진다. 그런데 이 한마디가 당사자에게는 비수로 박힌다. 그렇지 않아도 몸이 불편한데 염장을 지르는 듯한 느낌을 받을 터. 말은 되돌릴 수가 없다. 그렇다고 아픈 사람에게 "얼굴이 좋다"고 하는 것도 결례다. 말이란 이래저래 어렵다.

27 안부 전화

휴대전화 없이는 한 발자국도 움직일 수 없는 세상이 됐다. 외출하면서 맨 먼저 챙기는 것이 전화다. 행여 집에 놓고 출근하면 온종일 불안하다. 특별한 일이 없는 데도 그렇다. 그러다 보니 두세 개씩 가지고 다니는 사람을 본다. 업무량이 많아서 그런 이도 있지만, 분실 등을 우려해서 장만하기도 한다. 과소비를 지적하지 않을 수 없다.

보통 사람들은 하루 몇 명과 통화를 할까. 전화를 주고 받는 기록이 모두 저장돼 있으니 금세 알 수 있다. 열 사람을 넘기기 어려울 것이다. 같은 사람과 반복해서 통화는 해도 여러 사람과의 접촉은 말처럼 쉽지 않다. 가족, 친구 등이 단골 상대라고 할 수 있다. 기껏 대여섯 명 정도일 터이다.

가끔 뜬금없는 전화를 받는다. 생전 연락도 없던 사람이 전화를 걸어온다. 전화번호를 알려준 적도 없는데, 용케 입수했다는 느낌을 받는다. 그 경우 십중팔구는 부탁 전화다. 처음엔 안부를 묻는다. 눈치를 채고 용건이 있는지 물어본다. 아쉬워서 걸어온 전화다. 그런 결례를 하지 않으려면 평소 친분을 쌓아야 한다. 안부 전화는 자주 걸수록 좋다.

사회생활을 하는 데 있어 예절은 참 중요하다. 매너, 또는 에티켓이라고도 한다. 아무리 훌륭한 사람이라도 그것이 부족하면 제대로 대접을 받지 못한다. 그래서 예로부터 좋은 집안에서는 예절 교육을 중시했다. 특정 성(姓)씨가 존경을 받는 것도 무관치 않다. 이른바 양반 가문으로 불리는 그들이다.

매너는 몸에 배어야 한다. 몸 따로, 마음 따로 움직일 수 있기 때문이다. 상대방을 배려하는 마음가짐이 필수적이다. 그래야 경거망동을 피할 수 있다. 아주 작은, 사소한 것부터 익힐 필요가 있다. 식사 예절부터 배우면 된다. 가장 나이든 어른이 오기 전까지는 정장 차림으로 있는 것이 좋다. 물론 먼저 음식에 손대는 것도 결례다. 그런데 많은 사람들이 이마저도 지키지 않는다. 그런 일이 없었는지 곰곰이 생각해보라.

학교에서, 직장에서도 예절 교육을 강조한다. 그러나 우리의 수준은 낮은 편이다. 미국, 일본, 구미 선진국을 여행하다 보면 실감할 수 있다. 줄서기 등에 있어 한참 뒤처져 있다. 법을 지키는 것이 손해 본다는 인식도 한몫한다. 매너 있는 국민이 일등 국가를 만들 수 있다.

29 내비게이션, 어머니, 아내

달콤한 말이 많다. 유식한 말로 감언이설(甘言利說)이라고 한다. 상대방의 비위에 맞추니 달콤할 수밖에 없다. 모사가나 사기꾼들이 흔히 쓰는 수단이다. 듣는 쪽도 넘어가기 십상이다. 당장 눈앞에 이익이 펼쳐질 것처럼 수사가 현란하다. 반신반의하면서도 끌리는 것은 그것의 달콤함 때문이다. 나중에 후회하는 경우가 많지만…….

점심 시간에 친구를 만났다. 날씨가 풀려 코트를 벗고 나갔다. 코트를 걸친 사람이 드물 정도로 푸근했다. 그런데 친구는 코트를 입고 나왔다. "이런 날씨에 웬 코트냐"고 물었다. 아내가 걸치고 가라고 해서 그대로 따랐다고 했다. 그러면서 "내비게이션과 어머니, 아내의 말은 틀린 것이 없어 꼭 지켜야 한다"고 했다.

곰곰이 생각해봤다. 정말 그랬다. 셋 다 바른 길로만 인도한다. 내비게이션을 무시하고 다니다가 낭패를 당한 경험이 한두 번이 아니다. 제일 빠른 길로 안내하는 데도 잘 안닫시고 방향을 튼다. 목적지를 지척에 두고 뺑뺑 돌곤 한다. 어머니와 아내 역시 허튼 말을 하지 않는다. 아들과 남편에게는 항상 스승 같은 존재다. 어머니와 아내에 대해 늘 존경심을 갖자.

30 두주불사

술은 참 좋은 음식이다. 적당히 먹으면 몸에도 좋다고 한다. 그런데 그것이 쉽지 않다. 나중에는 술이 술을 먹는다. 1차에서 끝나면 될 텐데 2~3차로 이어진다. 어떻게 집에 왔는지 모를 정도로 만취할 때도 있다. 아내가 바가지를 긁는다. 다시는 술을 입에 대지 않겠다고 각서를 쓴다. 고작해야 작심삼일. 또다시 술을 마신다. 애주가들의 음주 사이클이다.

주량이 매우 큰 사람들이 있다. 이들을 두고 두주불사(斗酒不辭)라고 한다. 말술도 사양하지 않아 붙은 별칭이다. 프로필란에도 종종 나온다. 두주불사형. 호탕한 것으로 여겨져 당사자 역시 싫어하지 않았다. 스스로 자랑하는 이도 있었다. 그러나 술에는 장사가 없다. 결국 술병을 얻게 된다. 뒤늦게 후회한들 소용이 없다. 평소 절주하는 습관을 갖는 게 좋다.

나 또한 술을 많이 마셨다. 기자라는 직업상 불가피했다고 둘러대지만 솔직히 변명이다. 안 마시면 누가 강권하지 않는다. 대부분 남 탓을 한다. 좋아서 먹었다고 실토하는 사람들은 찾아보기 어렵다. 술도 음식이다. 가려서 먹자.

31 멘토

　사람은 제 잘난 맛에 산다. 자기 스스로 못났다고 하는 이를 보지 못했다. "부족하다. 부덕의 소치다"라는 말은 종종 듣는다. 자신을 낮추되 인정받으려는 심산도 깔려 있다. 일이 잘 풀리면 자기가 능력 있어서 그런 줄 안다. 또 안 풀릴 땐 조상이나, 남 탓을 한다. 그것이 인간의 속성이다.

　성장하는 과정에서 큰 도움을 주는 이가 있다. 이들을 일컬어 멘토라고 한다. 진로 등을 선택하는 데 결정적 역할을 해준다. 특히 청년기에 방황을 한다. 우왕좌왕하고 있을 때 말 한마디가 인생의 진로를 바꿔준다. 성공한 이들의 뒤에는 거의 대부분 멘토가 있다. 부모님이 될 수도 있고, 교수나 선배 중에 많다. 멘토의 특징은 대가를 바라지 않는다.

　인생의 스승은 멀리서 찾을 필요가 없다. 가까운 곳에 있다. 진지한 만남을 갖다 보면 자연스레 연결된다. 서로를 잘 알기에 맞춤형 충고를 한다. 틀린 말이 없다. 다만 신중한 자세로 임할 필요는 있다. 어차피 결정은 자기가 하는 것이어서 그렇다. 나에게도 멘토가 몇 분 계시다. 그들과의 인연을 끝까지 이어가련다.

일을 하는 데 두 부류가 있다. 무엇이든지 해보겠다는 노력파가 있다. 반면 이 핑계, 저 핑계 대며 안 된다고 하는 사람들이 있다. 물론 후자가 훨씬 많다. 상사는 누구를 좋아하겠는가. 일을 해보지도 않고 지레 그만두려는 사람은 발전이 없다. 안 된다는 이유는 100가지를 더 댈 수 있다. 만들면 된다.

몇 해 전의 일이다. 부서 책임자로 발령을 받았다. 분위기가 매우 침체돼 있었다. 직원들도 연령대가 높아 통솔이 잘 이뤄지지 않았다. 패배 의식이 만연돼 있었음은 물론이다. 회사에서 타운미팅이 있었다. 전체 46개 팀이 참가했다. 우리 부서에서 두 팀이 출전했는데 1등과 3등을 했다. 모두가 부러워했다. 직원들도 사기가 충천했다. 앞서 나는 이런 당부를 했다. "할 수 있다는 자신감밖에 없습니다. 우리 한번 해봅시다." 마침내 직원들은 해냈다.

사회든, 직장이든 자신감이 중요하다. 그것으로 충만해 있으면 겁날 것이 없다. 자신감은 도전정신과 직결된다. 미래지향적으로 바뀐다. 무엇이든지 할 수 있기에 그렇다. 어릴 때부터 키워줄 필요가 있다. 제 혼자 힘으로 일어설 수 있도록 해야 한다. 자신감을 갖자.

33 달변과 눌변

말 잘하는 사람을 달변가라고 한다. 어찌나 말을 잘하는지 듣는 사람으로 하여금 빠져들게 한다. 입담도 타고나야 한다. 후천적 노력을 통해 가능하겠지만 선천적으로 입심이 센 사람이 있다. 요즘은 말만 잘해도 먹고 살 수 있는 세상이 됐다. 각 분야를 망라한 명 강사 그룹이 그들이다.

경제 규모가 커지면서 강의료도 천정부지로 치솟고 있다. 조금 이름을 날리면 1회 강연에 수백만 원이 보통이다. 본업보다 수입이 많은 경우도 있단다. 그러다 보니 일부 대학 교수 등은 외부 특강에 더 열을 올리곤 한다. 바람직한 현상은 아니라고 본다. 무엇보다 현란한 수사 뒤에 남는 것이 별로 없다는 것이다. 진정성이 결여된 탓이다.

말을 잘 못한다고 능력이 없는 것은 아니다. 5공 때 한 장관이 있었다. 말을 못하기로 소문난 분이다. 국회에서 답변한 속기록을 풀어보면 말이 되지 않는다고 했다. 그러나 그분의 능력에 대해서는 누구도 이의를 달지 않는다. 고교 때부터 수재로 이름을 날렸단다. 어눌한 것은 어찌할 도리가 없다. 빼어난 말솜씨로 요리조리 빠져나가는 것보다는 눌변이 낫다. 정치권에는 말 잘하는 사람들이 판친다. 국민들은 그들의 진정성을 더 원한다.

한 우물만 파야 성공한다는 속담이 있다. 어른들도 기회가 있을 때마다 강조하곤 했다. 틀린 말이 아니다. 끝장을 보려면 한 곳에서 일해야 한다. 다들 그렇게 하고 싶지만 여건이 허락하지 않는다. 사회 전반에 걸쳐 불고 있는 명퇴가 복병이다. 이제 무풍지대는 없다. 철밥통이라던 공직 사회에도 그 바람은 피해가지 못한다.

주요국 대사를 마치고 산하 기관장으로 있는 인사를 만났다. 청와대 수석 등 주요 보직도 거쳤다. ROTC를 포함할 경우 공직 생활만 40년이라고 했다. 그는 중간에 한 번도 쉰 적이 없다. 예순을 훌쩍 넘긴 지금까지 앞만 보고 달려온 것이다. 조만간 기관장 임기가 끝나 공직을 떠난단다. 후련하다고 했다. 그러면서도 공직에 대한 미련은 남아 있는 듯 보였다.

그의 향후 계획을 들어봤다. 한 달간은 무조건 쉬겠다고 했다. 늦잠을 자보고, 평일 골프도 쳐보겠단다. 사실 우리나라 공무원은 영일(寧日)이 없다. 고위직으로 올라갈수록 더욱 그렇다. 그러다가 건강을 해치기도 한다. 적당한 휴식은 꼭 필요하다. 토요일과 일요일만큼은 재충전의 기회로 삼는 게 좋겠다.

35 보약이 따로 없다

사람이 움직일 수 없으면 눕게 된다. 건강을 유지하려면 부지런히 움직여야 한다. 장수의 비결도 활동량과 비례하는 듯하다. 지리산 자락에 장수촌이 있다. 80대는 노인축에도 끼지 못한다. 90세가 넘은 할아버지, 할머니가 여럿 계신다. 재밌는 현상이 발견됐다. 최장수 할머니는 마을에서 가장 꼭대기에 산다는 것. 그만큼 운동을 더 한다는 얘기다. 장수는 운동량과 비례한다고 볼 수 있다.

이름 석 자만 대면 알 만한 지인이 있다. 그 역시 운동을 최고의 보약으로 삼는다. 병원 신세도 많이 졌다. 문병을 갔다. 좁은 방안에서도 기구 운동을 했다. "운동만이 살 길이다." 그의 신조다. 퇴원 이후에도 등산과 걷기 운동으로 몸을 만들었다. 고희를 맞았는데도 50대 중반쯤으로 보인다. 혈색도 매우 좋다. 건강을 완전히 회복했단다. 그는 운동 전도사가 됐다. 만나는 사람마다 운동할 것을 권유한다.

운동이 좋다는 사실은 다 안다. 그러나 실천에 옮기지 못한다. 다음에 한다는 게 가장 많이 대는 이유다. 그래선 건강할 수 없다. 지금 당장 시작해야 한다. 나 역시 차일피일 미뤄왔다. 건강은 스스로 챙겨야 한다. 보약 대신 운동을 하자.

36 메모광

기억에는 한계가 있다. 아무리 머리가 좋은 사람도 100% 기억해낼 수는 없다. 그래서 메모하는 습관이 필요하다. 현장에서 그때그때 기록하는 것이 가장 좋다. 그러나 상황이 허락하지 않을 때도 있다. 그런 경우 잊어버리기 전에 메모해두면 된다. 제목 정도만 적어놔도 나중에 큰 도움이 된다. 연상 작용을 통해 기억을 되살릴 수 있기 때문이다.

메모가 습관화된 사람에게는 당해낼 재간이 없다. 고위층이 메모를 열심히 하면 아랫사람들이 긴장한다. 어떤 지시가 떨어질지 모른다. 김대중 전 대통령은 대단한 메모광이다. 어떤 회의든 큰 노트를 가지고 참석한다. 거기에 본인만 알아볼 수 있는 방식으로 메모를 한다. 깨알 같은 글씨로 꼼꼼히 적는다. 그는 숫자에 특히 강했다. 대화도 삼단논법으로 끝낸다. 메모를 습관화하는 데서 비롯됐다고 본다.

메모를 잘하고, 자료만 충실히 모아도 중간 이상은 간다고 한다. 다행히 그런 습관을 길러왔다. 직장 생활을 한 이후 사용한 노트와 수첩은 한 권도 버리지 않았다. 종이상자에 차곡차곡 싸놓았다. 나의 흔적이라고 생각하면 흐뭇할 때도 있다.

37 오른팔, 왼팔

측근임을 자처하는 사람들이 있다. 오너와의 관계 등을 들어 행세한다. 오른팔이니, 왼팔이니 하며 권력 다툼도 벌인다. 가장 신임이 두터운 것은 기정사실이다. 최고 통치권자든, 재벌 오너든 측근이 필요하다. 사적인 심부름도 그들 몫이다. 입이 무거운 사람이 간택된다. 비밀을 지킬 필요가 있기 때문이다.

우리나라 최고 기업의 인사로부터 들었다. 선대 회장 때부터 오른팔, 왼팔로 불렸던 사람이다. 그는 지금도 여전히 막후에서 영향력을 행사하고 있다. 신임을 받게 된 비결이 있는지 물었다. "제가 상고 출신인데 무슨 빽이 있겠어요. 성실히 임무를 수행했고, 운도 좋았을 뿐입니다." 오랜 2인자 생활을 했지만 매우 겸손하다.

정치권에서는 대통령과 가까운 사람을 오른팔, 왼팔이라고 한다. 종종 좌아무개, 우아무개식으로 묘사된다. 우리의 정치 풍토 때문인지 그들의 인생은 험난했다. 부귀영화도 한순간, 끝마무리가 좋지 않았다. 그럼에도 최고 권력자의 측근이 되기 위해 암투가 벌어진다. 대권 후보군에도 벌써부터 측근들이 몰린단다. 지도자라면 오른팔, 왼팔을 잘 가려 써야 한다.

지하철을 이용해 출퇴근을 한다. 좀 붐비긴 해도 가장 편리한 교통수단이다. 시간을 제대로 맞출 수 있어 서두를 필요가 없다. 지하철 안의 풍경은 조금 실망스럽다. 책을 펴든 이를 찾아보기 어렵다. 대부분 휴대전화를 만지작거린다. 공중예절을 무시하고 통화를 하는가 하면 게임을 즐기기도 한다. MP3플레이어도 기본 휴대품이다.

우리나라 사람들은 책을 참 안 읽는다. 나이가 들수록 더하단다. 통계에 따르면 성인 세 명 중 한 명은 연간 독서량이 제로다. 선진국임을 자임하는 마당에 부끄러운 일이다. 독서의 장점은 굳이 설명할 필요가 없다. 감성을 풍부하게 만들고, 정보와 지식을 얻을 수 있다. 나의 부족한 부분을 간접 경험을 통해 얻고자 하는 것이다.

고교 친구들을 만난 자리에서 또 한 번 놀랐다. 식자층으로 손색이 없는 그들이다. 열 명 가량 모였는데 정기적으로 책을 구독해 읽는 친구는 한 명에 불과했다. 나머지는 거의 읽지 않는다고 했다. 시간이 나지 않는다고 이유를 댔다. 언론사 대선배의 말이 생각났다. "저는 아무리 늦게 퇴근해도 집에서 30분 이상 책을 읽고 취침합니다." 독서도 습관이다.

39 깜냥

무릇 분수를 알아야 한다. 그러나 자기 자신에 대해 얼마나 알까. 잘 안다고 하지만 그렇지 못하다. 실제보다 과대평가하는 경향이 있다. 스스로 못났다고 하는 사람들이 없어서다. 대부분 남에 대한 평가는 박하다. 내 단점은 보이지 않더라도 남의 단점은 잘 보이기 마련이다.

살아가면서 깜냥이라는 말을 많이 쓴다. "제 깜냥에 무엇을 하겠다고." "무슨 깜냥이라도 되느냐." 성에 차지 않는다는 말과 일맥상통한다. 그런 말을 듣지 않으려면 어떻게 해야 할까. 깜냥을 키우는 수밖에 없다. 내게 무슨 일을 해낼 힘이 있으면 함부로 무시 못한다. 따라서 비아냥도 듣지 않게 된다.

2012년 총선이 1년 앞으로 다가왔다. 벌써부터 하마평이 무성하다. 현직 장·차관급부터 보통 사람까지 입에 많이 오르내린다. 다들 경쟁력을 갖춘 양 호언장담한다. 모두 '참일꾼'임을 내세운다. 결정은 유권자의 몫이다. 내 고장을 위해 정말 사심 없이 일할 수 있는 사람을 뽑아야 한다. 깜냥을 잘 판단해야 한다는 얘기다. 4년이라는 기간은 짧지 않다. 스스로 깜냥이 안 된다면 포기하는 것이 옳다

40 말 못할 사연

상대방에게 말을 건네야 하는데 그러지 못할 때가 있다. 물론 하고 싶은 말이 아니어서 그럴 게다. 하루 이틀 뜸을 들이다 보면 영영 못할 수도 있다. 그 당사자는 얼마나 께름칙하겠는가. 속에 담고 있는 것처럼 부담스러운 것도 없다. 가급적 빨리 털어버리는 것이 좋다. 서운한 것은 순간이다.

나에게 건강 비서가 있다. 친구 녀석이 오너여서 특별히 회원 대우를 해줬다. 연회비가 만만치 않아 직장인에게는 그림의 떡이다. 그런 대우를 몇 년째 받아왔다. 건강 비서의 도움은 받아본 사람만 안다. 건강 상담, 병원 이용 등 최고의 혜택을 제공한다. 그래서 한번 받아본 사람은 대부분 다시 가입한단다.

경기 불황과 함께 친구 사업도 타격을 입게 됐다. 구조조정 등 자구 노력을 계속 하는 중이다. 그러는 과정에서 특별회원은 서비스를 중단했다. 당연한 일이다. 나도 솔선해서 말을 했어야 하는데 그렇지 못해 더 미안했다. 비서에게서 메일이 왔다. "서비스 종료를 미리 말씀드려야 하는데, 제가 국장님께 서비스 종료임을 알려드리면, 혹시나 국장님과의 인연이 끊어지는 것이 두려웠나 봅니다." 비서의 마음이 푸근했다. 회사의 재기를 빈다.

41 늦깎이

요즘 만학도가 늘고 있다. 정년 퇴직한 뒤 학업을 계속하려는 사람도 흔히 본다. 못다 한 공부를 해보고 싶단다. 학업엔 끝이 없다. 평생 심혈을 기울여도 다 할 수 없는 게 공부다. 나이가 들면 기억력이 떨어진다. 학업에 속도를 낼 수 없다는 얘기다. 공부는 한 살이라도 젊을 때 집중해야 한다. 훨씬 효과적이기 때문이다.

각종 고시 합격자가 발표된다. 수석인 최고 득점자가 가장 각광을 받는다. 다음은 최연소 합격자쯤 될 듯싶다. 반면 최고령 합격자는 이름 석자 정도 보도된다. 더 많은 땀과 노력을 했음에도 대접은 신통찮다. 사회가 그렇다. 나이 많은 사람보다는 적은 사람을 선호한다. 세태가 그러니 마냥 나이탓만 할 수 없다.

그러나 똑같이 시작하더라도 늦깎이들이 빛을 더 보는 경우가 많다. 무엇보다 성실하고 열심히 하기 때문이다. 동생 또래와 경쟁하기 위해서는 불가피한 측면도 없지 않았을 터. 늦깎이를 더 아끼는 상사도 있다. "같은 일을 시켜봐도 나이를 더 먹은 친구들이 깔끔하게 처리합니다. 경험 덕분도 있다고 봅니다." 검찰 고위 관계자의 말이다. 그의 말대로 검찰에는 늦깎이들이 고위직을 많이 지냈다. 시험에 늦게 합격했다고 실망할 필요가 없다. 대기만성형이 있지 않은가.

42 인색(吝嗇)

부자가 되려면 어떻게 살아야 할까. 열심히 노력하고 저축해야 할 것이다. 무엇보다 절약이 몸에 배야 한다. 아무리 많이 벌더라도 펑펑 쓰면 부자가 될 수 없다. 안 쓰는 것을 신조로 삼는다. 그러다 보니 짜다는 소리를 많이 듣는다. 자식들에게도 똑같은 방식의 삶을 강요한다. 부전자전이랄까.

부동산 부자가 있다. 짜기로 소문난 사람이다. 수천억대의 재산가다. 그런데 그 사람한테 밥 한 끼 얻어먹은 사람이 거의 없다고 한다. 대신 남이 밥을 살 때는 얼굴을 잘 내민단다. 철면피임에 틀림없다. 그런 사람에게 친구가 있을까. 인색한 사람에게는 누구도 가까이 다가오지 않는다. 사람 냄새가 나지 않기 때문이다. 그들은 그렇게 살다가 간다. 사후엔 후회할지도 모른다.

밥값 내는 것도 배워야 한다. 여유가 있는 사람이 자주 내는 것은 당연하다. 그러나 매번 낸다고 생각해보라. 사람인 이상 짜증이 날 수도 있다. 된장찌개라도 한번 살 때 사정이 달라진다. 밥을 먹고 나올 때 일부러 뒤로 빠지는 사람늘이 있다. 계산을 하지 않으려는 속셈에서다. 인색하다는 낙인이 찍히면 공동 생활을 하기 어렵다. 아들 녀석에게 자주 들려주는 얘기다.

43 백팔 배

건강이 최고다. 두말할 나위가 없다. 그것을 잃으면 모든 것을 할 수 없게 된다. 돈으로 살 수 없는 게 또한 건강이다. 건강할 때 지키는 수밖에 없다. 일단 병이 들면 만회하기 어렵다. 현상 유지를 하거나 더 악화되는 것을 막을 뿐이다. 그래서 갖가지 건강 유지법을 찾는다. 등산, 걷기, 헬스장 이용 등 시간을 최대한 활용한다.

운동은 최고의 보약이다. 건강을 유지하는 데 그것만큼 좋은 것이 없다. 모두가 그 같은 사실을 안다. 그런데 제대로 실천을 하지 못한다. 여러 가지 핑계를 댄다. 시간이 없다는 게 대체적인 이유다. 그러나 이는 변명에 불과하다. 시간은 내면 된다. 잠자는 시간을 줄이면 간단히 해결된다.

2010년 초부터 새벽에 일어나 백팔 배를 하고 있다. 지인의 권유에 의해서다. 이유를 달지 말고 무조건 해보라고 했다. 첫날 백팔 배를 했다. 처음하다 보니까 다리가 뻐근했다. 허리도 조금 아팠다. 이튿날도 어김없이 했다. 심호흡을 하면서 정성껏 절을 했다. 그랬더니 등 뒤에서 땀도 났다. 머리 또한 맑아졌다. 지인에게 전화를 했다. "고맙습니다. 최고의 비방을 전수해주셨군요."

44 은퇴 후, 미리 걱정 말자

이제 정년은 의미가 없다. 55세, 58세, 60세로 규정돼 있지만 꽉 채우기 어렵다. 중간에 그만두는 경우가 허다하다. 대부분 타의에 의해 물러난다. 그러다 보니 직장 생활 내내 은퇴 후를 걱정한다. 자연 수명이 길어지면서 더 화급하게 됐다. 건강도 그렇지만 경제력이 첫 번째다. 수입원을 생각하지 않을 수 없다는 얘기다.

현직에 있으면서 은퇴 후를 내다볼 수 있을까. 생각처럼 녹록치 않은 것 같다. "차관에 발탁된 후부터 아내와 함께 은퇴 후를 생각했습니다. 1년 6개월 가량 근무하고 물러났습니다. 그런데 준비한 것이 하나도 없더군요. 걱정한다고 해결되지 않는다는 것을 뒤늦게 깨달았습니다." 한 전직 차관이 들려준 일화다. 다른 사람들도 다를 리 없다. 미리 걱정하면 근심만 키운다.

물론 계획을 세울 필요는 있다. 그러나 거기에 매몰되면 어느 것 하나 제대로 할 수 없다. 현재 위치에서 최선을 다하는 것이 보다 중요하다. 그래야 한 마리 토끼라도 잡을 수 있다. 두 마리 토끼를 잡으려다 허탕치는 경우가 적지 않다. 내가 내일을 걱정하지 않는 이유다. "오늘 최선을 다하자. 그러면 내일이 온다." 나의 좌우명이다. 그래서 은퇴 후도 걱정하지 않는다. 닥치면 솟아날 구멍이 있다고 믿기 때문이다.

45 시간을 쪼개 쓰면 성공한다

하루 24시간이다. 바쁜 사람에겐 짧고, 할 일 없는 사람에겐 무척 길다. 시간은 살아가는 데 참 중요한 요소다. 어떤 일이든 시간을 필요로 한다. 하루아침에 되는 일은 없다. 시간이 이처럼 소중한데도 허비하는 사람들이 많다. 그냥 아무런 생각없이 쓴다. 간섭하는 사람이 없기 때문이기도 하다.

사업하는 친구가 있다. 그의 24시간은 촌각을 다툰다. 새벽 4시 40분 기상한다. 한 시간 가량 산악자전거를 타고 한강변을 누빈다. 집에 돌아와 샤워 후 아침 식사를 한다. 회사에는 7시 이전에 출근한다. 아침 회의를 주재하기 위해서다. 오전 내내 미팅을 하거나 사람을 만난다. 점심 식사 후도 똑같다. 저녁에는 공부를 한다. 시간을 쪼개 사람도 만난다. 평균 귀가 시간은 밤 11시. 인터넷 검색 후 12시 30분쯤 잠자리에 든다.

초인이나 할 수 있는 일이라 물어본다. "그렇게 하면 피곤하지 않느냐"고 하자 "일을 할 수 있어 기분이 좋다. 남보다 부지런하기라도 해야 하지 않겠느냐"고 반문한다. 여기서 정답이 도출된다. 부지런한 사람은 절대로 실패하지 않는다. "시간이 돈이다"라는 말을 실천하고 있는 셈이다. 성공한 사람은 분명 남보다 일을 더한다. 그렇지 못한 사람들이 이런 저런 핑계를 댄다. 시간을 아껴 쓰자.

46 언짢은 감정

인간은 감정의 동물이라고 한다. 감정에 크게 좌우되기 때문이다. 모든 사람들이 느끼는 그것은 비슷하다. 특별한 사람이 없다. 내가 싫으면 남도 싫고, 내가 좋으면 남도 좋아한다. 그래서 감정을 잘 조절할 줄 알아야 한다. 남을 조금이라도 배려한다면 더더욱 그렇다. 그런데 이를 간과하는 이들이 적지 않다. 자기는 자연스럽게 행동한다지만 느끼는 사람들이 거북하면 잘못이다.

지인들과 연말 모임을 가졌다. 쟁쟁한 경력의 소유자들이다. 장관, 육군 대장, 검사장, 부장판사를 지낸 분들이다. 작년 이맘때도 똑같은 모임을 가졌다. 당시 장관은 현직에 있었다. 전직 대장도 참석했었다. 검사장과 부장판사만 새로 합류했다. 장관 출신이 가장 늦게 왔다. 예우상 자리도 상석을 권했다. 문제는 그 다음부터였다. 이런 저런 행동이 눈에 거슬렸다. 분명 연장자가 두세 명 있었는데도 겸손함을 찾아볼 수 없었다. 기분이 다소 언짢아지기 시작했다.

그래도 모임은 잘 끝났다. 서로 수인사를 하고 헤어졌다. 이튿날 자리를 주재한 분에게서 전화가 왔다. "장관님이 안 그랬는데 변한 것 같아." 나만 그렇게 느꼈는 줄 알았는데 그분도 같은 말을 했다. 자리가 사람을 만든다고 했다. 장관을 지내면 머리를 더 숙이는 것이 옳다. 타산지석으로 삼아야 할 터이다.

47 잘나가는 기준은 뭘까

"걔 요즘 잘나간데." 흔히 듣는 말이다. 몇 사람만 모이면 소식을 주고받는다. 돈을 많이 벌었거나, 좋은 보직을 받은 이가 화제에 오른다. 당연히 선망의 대상이 된다. 그것을 이루지 못한 사람들은 부럽기 짝이 없다. 다른 이의 성공을 통해 대리 만족을 얻기도 한다. 그래서 자기 일처럼 신나게 얘기한다. 사실보다 더 보태 호들갑을 떠는 경우도 본다.

부산에서 교수를 하고 있는 친구가 메시지를 보내왔다. 그와 포럼도 함께 참여하고 있다. "새해 더욱 강건하시고, 잘나가시길 충심으로 기원합니다." 그 친구 역시 "잘나가라"는 표현을 썼다. 더 열심히 살고, 뜻한 바를 이루라는 충심에서 그랬을 터다. 나도 바로 답장을 했다. "자네도 꿈 반드시 이루길 비네." 그러면서 잘나가는 게 뭘까 혼자 곰곰이 생각해봤다.

내가 그리는 '잘나가는' 것의 기준은 간단하다. 먼저 남을 의식하지 말 것을 주문하고 싶다. 나에게 맡겨진 일을 충실히 하면 된다. 내 일도 제대로 처리하지 못하면서 남의 일에 간섭하면 헝클어지고 만다. 그런 경우가 적지 않다. 또 정직과 성실을 모토로 삼으면 부끄러울 일이 없다. 본인에게 보다 솔직해지라는 얘기다. 그러면 결과 역시 거짓말을 하지 않는다. 지성이면 감천이라고 하지 않던가.

우리나라에서 가장 가고 싶은 대학은 어딜까. 서울대가 아니라고 부인할 사람은 없을 게다. 명실공히 국내 최고의 대학이기 때문이다. 그중에서도 법대는 선망의 대상이다. 전국 각지에서 내로라하는 수재들이 법대를 지원한다. 그들의 프라이드도 대단하다. 실제로 사법시험 합격자, 판사, 검사, 대법관, 헌재 재판관 수에서도 압도적 우위를 차지한다. 그들이 한국 사회를 쥐락펴락한다고 해도 과언이 아닐 정도다.

법대생이 모두 잘 풀리는 것은 아니다. 수차례 고시에 도전하고도 낙방하는 이들이 적지 않다. 자존심이 강한 그들이기에 남의 밑에서 일하기도 어렵다. 잘 적응하지 못한다는 얘기다. 공기업의 간부로 있는 친구가 서울 법대 출신 직원의 일화를 들려줬다. "우리 소속 변호사는 서울대 출신이 아닌데 그 밑에서 일하려다 보니 스트레스를 많이 받는 것 같았다. 본인 스스로 전출을 희망했다." 그들이 직장에서 외면받는 이유다. 과연 고시가 전부인가. 학력이 전부라고 할 수 있겠는가. 명문 대학을 나오지 않고도 성공한 사람들은 얼마든지 있다. 학력에 얽매여 있을 필요가 없다. 어느 조직에서든 꼭 필요한 사람이 되어야 한다. 먼저 인간이 되라는 얘기를 해주고 싶다. 인생은 길다. 미리 실망하고 낙담할 필요가 없다. 미래는 얼마든지 개척할 수 있다.

49 부는 불행의 근원?

"돈은 역효과를 낳는다. 행복이 오는 것을 막는다." 자유를 찾기 위해 전 재산을 기부한 한 외국인이 뼈저리게 느낀 자신의 심경을 고백했다. 그는 알프스가 보이는 고급 빌라에 살았다. 프랑스 프로방스 지방에 농장도 가지고 있었다. 모두 매물로 내놓았다. 차량도 처분했다. 돈이 되는 물건은 모조리 팔았다. 이후부턴 오두막집이나 단칸 셋방에서 살 계획이란다.

그가 이처럼 무소유로 돌아가기로 한 데는 이유가 있다. 자기가 그동안 믿었던 신념이 깨졌던 것이다. 많은 부와 사치가 곧 더 많은 행복을 가져다 줄 것으로 확신했다. 그러나 시간이 지나면서 깨닫기 시작했다. 사치와 소비를 멈추고 진짜 삶을 시작해야 한다는 생각이 들었다. 그동안 노예처럼 일하고 있다는 느낌이 들었단다. 그래서 모든 것을 던지고 자유를 만끽하기로 했다.

비단 외국인만의 경우가 아니다. 부는 곧잘 화를 불러온다. 예전 30대 기업이 줄줄이 무너진 것만 보더라도 그렇다. 더 많은 부를 쌓기 위해 과욕을 부리다 망가졌다. 무엇보다 분수를 아는 것이 중요하다. 부를 죄악시해서는 안 된다. 그렇다고 숭배할 대상도 아니다.

무릇 일에는 처음과 끝이 있다. 기적도 그냥 일어나는 것이 아니다. 시작을 해야 그것을 이룰 수 있다. 많은 사람들이 이 같은 진실을 모를 리 없다. 그러나 노력은 하지 않고 결과만을 기대한다. 다시 말해 시작도 하지 않고 열매를 따려고 하는 것이다. 하나만 알고 둘은 모르는 이치와 같다.

시작을 할 때도 용기가 필요하다. 과단성이 없는 사람은 시작을 못한다. 잘할 자신이 없기 때문이다. 그래서 시도조차 하지 않으려 한다. 적당히 눈치나 본다. 마지못해 시늉만 낸다. 그런 사람에게 성공이 보장될까. 어림없는 소리다. 자발적으로 하지 않으면 끝을 맺기 어렵다. "하늘은 스스로 돕는 자를 돕는다"고 했다.

은근과 끈기는 뜻이 비슷하다. 둘 다 지속성을 내포한다. 끝까지 포기하지 말고 매진하라는 얘기다. "시작이 반이다"라는 말이 있다. 시작은 성공의 열쇠다. 그렇다고 시작만 해서는 안 된다. 이 일 저 일 벌이는 사람들이 많다. 하나라도 끝까지 마무리하려는 각오가 있어야 한다. "지성이면 감천"이라고 하지 않던가. 한 우물을 팔 때 기쁨도 얻는다. 거저 되는 일은 없다.

51 병은 소문내라

평생 아프지 않고 살 수 있다면 얼마나 좋을까. 불가능한 일이다. 오감을 가진 동물이기에 그렇다. 특히 인간은 고통에 민감하다. 어디 한 군데라도 아프면 고통스럽다. 그것을 이겨내려면 빨리 치료받아야 한다. 요즘은 의술이 좋아 못 고치는 병이 거의 없다. 하루 이틀 미루다 병을 키우면 실기할 수도 있다.

"병은 소문내라"는 속담이 있다. 주위에서 알아야 관심도 갖고, 명의도 소개해줄 수 있다는 얘기일 터. 그런데 쉬쉬하는 사람들이 적지 않다. 행여 남이 알까 봐 병원도 몰래 가고, 약도 몰래 먹는다. 심지어 아내 등 가족까지 속인단다. 얼마나 미련한 짓인가. 고위 공무원이나 기업 임원 중에 더러 있다. 자리를 지키려다 목숨을 잃는 경우도 본다.

아픈 사람들에겐 배려가 필요하다. 위로의 한마디가 용기를 심어준다. 그런데 마음의 상처를 주기도 한다. 중병에 걸린 것처럼 소문내는 것이다. "그 사람이 무슨 일을 할 수 있겠어." 상대방을 깎아내려 득을 보려는 이들도 있다. 아주 비신사적인 행위다. 자기 자신도 아플 수 있다는 점을 망각한 처사다. 내 주위에 정말 아픈 사람이 있는지 둘러보자. 생명보다 더 소중한 것은 없다.

52 병원비 아까워 말라

만물은 닳고 또 닳는다. 영원불변한 것은 없다. 그것이 순환의 법칙이자, 자연의 진리다. 쇠로 만든 자동차나 기계도 고장난다. 어느 정도 시간이 지나면 폐기처분 한다. 사람의 몸이라고 해서 다를 리 없다. 죽을 때까지 고장나지 않는 사람이 있겠는가. 누구나 큰 병이든, 작은 병이든 병치레를 한다. 그런데도 "왜 나만 아플까" 하고 실망하는 이들이 적지 않다.

많은 사람들이 병원 가기를 꺼린다. 혹시 병을 발견할까 봐 겁이 나는 데다 절차 또한 번거롭기 때문이다. 그래서 차일피일 미루기 일쑤다. 예약을 했다가도 깨는 게 다반사다. 그새 마음이 변한 까닭이다. "나중에 하면 되지 뭐. 별일 있겠어." 스스로에게 주문을 건다. 그러나 뒤늦게 후회하는 사람들이 적지 않다. "그때 검사할걸."

무엇보다 검사 비용을 걱정하면 안 된다. 다른 데는 돈을 펑펑 쓰면서 검사비를 아까워하는 게 우리네다. 몸에 이상 신호가 오면 곧장 병원을 찾아가 전문의와 상담해야 한다. 조기 검진을 통해 예방하는 것이 건강의 첫 번째 비결이다. 누구나 다 알면서 실천하지 못한다. 내 주례사에서 매번 강조하는 대목이다.

53 어떻게 사느냐가 중요하다

 예로부터 그래 왔다. 이를 두고 흔히 '철학'이라고 한다. 가급적 잘 살려고 한다. 보다 중요한 것은 자기 철학이 있어야 한다는 것이다. 하지만 맹목적으로 사는 사람들이 의외로 많다. 그냥 숨쉬고, 밥 먹고, 잔다. 일상이 똑같다. 유유자적이란 말도 이런 경우에는 어울리지 않는다.

철학이 거창할 필요는 없다. 자기 눈높이에 맞추면 그것이 철학이다. 요즘 철학의 부재를 많이 꼽는다. 국가도, 개인도 철학이 없다며 한탄한다. 실제로 그런가. 국가의 철학은 국격(國格)을 보면 알 수 있다. 우리나라는 어떤가. 선진국임을 자처하면서도 곳곳에 구멍이 많다. 대형 사건이나 사고가 터질 때마다 본모습이 드러난다. 국가 지도자들이 귀담아들어야 할 대목이다.

개인, 즉 내 삶의 방식을 개척해야 한다. 남이 대신해 줄 수 없다. 어떻게 살 것인가는 나 자신이 가장 잘 안다. 정직을 모토로 삼았으면 한다. 거짓을 일삼다 보면 후회가 많이 남는다. 대신 정직하면 편히 누워 잘 수 있다. 모든 사람들이 마찬가지다. 그런데 요령을 피우려 한다. 그 길이 보다 쉽기 때문이다. 어릴 때부터 정직을 몸에 익히도록 하자.

54 전문성의 시대에 대비하라

시대가 정말 다양해졌다. 하루가 멀다 하고 새로운 게 선보인다. 한눈을 팔 겨를이 없다. 그만큼 경쟁도 치열하다. 생존을 건 싸움이 곳곳에서 전개되고 있다. 국가도, 기업도, 개인도 마찬가지다. 오로지 경쟁력만이 살길이다. 남을 이겨야 하기 때문이다. 가만히 앉아서 그게 가능할까. 어림없는 소리다. 지금은 모두가 뛴다. 모든 분야에 걸쳐 잘할 수는 없다. 전지전능한 신이라면 몰라도 분명 한계가 있다. 경쟁에서 이기려면 전문성이 우선이다. 특정 분야에 있어서 만큼은 남들보다 나아야 한다는 얘기다. 누구나 잘하는 한 가지는 있다. 그것을 찾아 갈고닦아야 한다. 그래야 성공과 함께 성취감을 맛볼 수 있다. 그런데 많은 사람들이 번지수를 잘못 짚는다. 실현 불가능한 일에 매달리는 것이다. 그러면서 "나는 안 되겠구나" 하며 포기한다. 그렇다면 자신의 전문성은 어떤가. 냉철히 분석하고 판단해볼 필요가 있다. 너무 거창해서도 안 된다. 실현 가능한 범주 안에서 찾아야 한다. 가장 중요한 것은 실천이다. 계획만 요란하게 세우고 실천하지 못하면 공염불이 된다. 전문성은 속으로 키워야 한다. 왜냐하면 자기 자신이 제일 잘 알기 때문이다. 자신의 장점을 살리면 된다. 나 역시 고민을 하고 있다. 전문성의 시대에 대비하기 위해…….

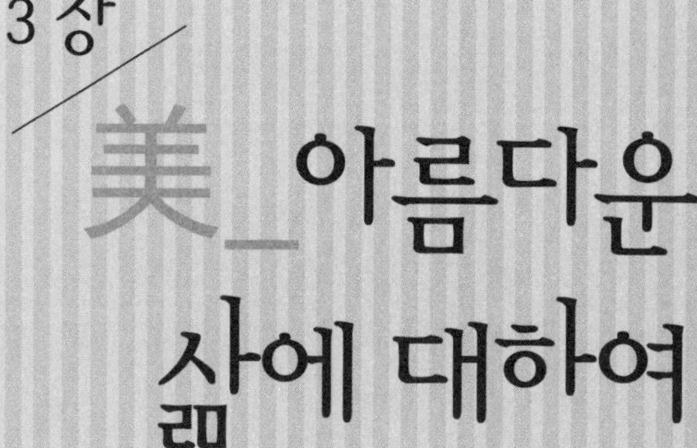

아파트 같은 층에 할머니가 혼자 사신다.
몇 해 전 할아버지는 돌아가셨다.
할머니는 언제 뵈어도 밝은 모습이다.
우리 아파트 주민에게는 명랑 할머니로 통한다.
누구에게나 먼저 다가가신다. 손을 꼭 잡고
안부를 묻는다. 마치 친할머니, 친어머니처럼
다정다감하다. 그래서 할머니를 뵈면
온종일 기분이 좋다.

01 주례 봉사

대부분 일생을 통해 결혼은 한 번 한다. 그래서 신중에 신중을 기한다. 맞선 주선을 전문으로 하는 직종도 탄생했다. 꽤 호황을 누린단다. 있는 집안과 상류층으로 갈수록 조건이 까다롭다. 이른바 조건남, 조건녀가 인기를 얻고 있는 것이다.

짝을 찾으면 주례를 고민하게 된다. 누구든지 좋은 분을 모시고 싶어 한다. 고위 공직자, 성직자, 교수 등 사회 명망가들이 단골이다. 그러나 이 분들을 쉽게 모실 수 없다. 양가 부모님의 사회적 위치가 선택의 폭을 좌우한다. 주례를 구하지 못할 경우 할 수 없이 '주례 아르바이트'를 고용해 체면치레만 한다.

2009년 10월 첫 주례를 섰다. 당시 나이 쉰에 주례를 본다고 했더니 우려의 목소리가 많았다. 너무 빠르다는 것이 첫 번째 이유였다. 두 번째는 계속 부탁이 들어올 것이라며 말렸다. 하지만 '나눔'과 '베풂'으로 생각하기에 흔들리지 않았다. 이후 네 번이나 주례를 섰다. 마땅한 주례를 모시기 어려운 지인들이 적지 않다. 그들을 위해서라면 앞으로도 조건 없이 주례를 설 참이다. 결혼은 한 번만 하되, 주례는 많이 서도 나쁠 것 같지 않다. 주례를 봉사 개념으로 생각하고 있다. 함께 사는 세상은 멋있고 아름다운 법이다.

"당신이 이 세상에서 가장 행복해 보인다." 지인들에게서 종종 듣는 말이다. 행복하다는데 싫은 사람이 있겠는가. 스스로도 곰곰이 생각해본다. 과연 행복한가. 솔직히 "그렇다"고 답한다. 왜냐하면 주변 모든 분들이 고맙기 때문이다. 그런 분들을 두고 행복하지 않다고 하면 거짓이다. 나에게는 한 분 한 분이 소중하다. 인연을 소중히 여기는 이유다.

기자 생활 25년째. 수없이 많은 사람들을 만나왔다. 그러한 기회는 회사가 나에게 제공했다. 감사할 따름이다. 자리가 사람을 만드는 법. 그럼에도 자신이 잘나서 그런 줄 아는 이가 적지 않다. 고마움을 모르면 더 발전할 수 없다. 그 다음은 겸손이다. 승승장구할 수 있는 비결이기도 하다. 자랑하고 싶은 것이 사람의 심리다. 잘난 사람이 겸손하면 그만큼 돋보인다.

특히 사람을 가려서는 안 된다. 내가 진심으로 대하면, 상대방도 감동한다. 태어나면서부터 악인은 없다. 환경이 그렇게 만들곤 한다. 성악설보다 성선설을 더 믿는 까닭이다. 세상은 아름답다. 행복도 멀리 있지 않다. 가까운 이부터 챙기면 된다.

03 그 후 1년

2008년 12월 14일. 어머님이 돌아가신 날이다. 16개월의 암투병 끝에 운명하셨다. 임종을 지키는 자식은 따로 있다고 했다. 불행히도 마지막 가시는 순간을 지켜드리지 못했다. 불효자식이 아닐 수 없다. 이틀 전 대전에 내려갔다가 하루 전 다시 올라왔다. 돌아가신 날에는 아내와 아들 녀석을 보냈다. 녀석이 아빠 대신 할머니 임종을 지켰다.

오늘로 만 1주년이 된다. 제사는 음력(11월 17일)으로 지내기에 2010년 1월 1일이다. 가슴이 뭉클해진다. 또다시 슬픔이 밀려온다. 보고 싶다. 어떻게 1년이 흘렀는지 모른다. 어머니는 고향 양지바른 언덕에 아버지와 함께 나란히 누워 계신다. 아마도 지하에서 부부애를 느끼실 것이다. 살아생전 금실이 좋으셨던 분들이다. 아버지는 1974년에 돌아가셨다. 34년 만에 해후했으니 얼마나 나눌 말씀이 많았을까.

어머님이 작고하기 전 하신 말씀이 떠오른다. "둘째야! 술을 적게 마셔라. 큰 사람이 돼야 한다." 유언이었던 셈이다. 어머님의 말씀을 따르려고 노력한다. 큰 사람이란 직위가 높은 사람이 아니라 착하게 사는 사람임을 다시 한 번 당부했을 터. 10~20년 후 나를 떠올려본다. "어머님 말씀, 명심하겠습니다."

인간은 나약한 존재다. 무엇인가에 의존하고 싶어한다. 자신보다 월등히 뛰어난 존재를 동경하는 심리도 작용하는 듯하다. 그래서 나온 게 신(神)이 아닐까. 유신론의 출발점이다. 신은 전지전능하다. 보통의 인간과 차별성이 있어야 되기 때문이다. 대학에서 철학을 전공했지만 솔직히 무신론에 가깝다. 아직 종교를 갖고 있지 않은 이유다.

그러나 종교를 폄하할 생각은 조금도 없다. 마음의 안식처를 찾을 수만 있다면 되레 권장해야 한다. 내가 믿지 않는다고, 남을 탓하면 안 된다. 가정에서도 이를 두고 불화가 생긴다. 특히 제사 때문에 옥신각신하는 경우가 많다. 조금씩 양보하면 될 텐데 교리를 내세우다 보면 접점을 찾지 못한다. 사소한 것을 가지고 다툰다면 진정한 신자가 아니다.

불교 신자는 아니지만 가끔 절을 찾는다. 아내의 권유에서다. 따라가 절에 들어서면 분위기가 좋다. 마음부터 경건해진다. 잡념도 없어진다. 내키는 대로 절을 한다. 일주일에 한 번 정도 동네 포교당을 찾는다. 이제는 일상사가 됐다. 기다려지기도 한다. 불교에 가까이 다가서는 걸까.

05 초심(初心)

　모든 일에는 처음과 끝이 있다. 유식한 말로 유시유종(有始有終)이라고도 한다. 처음과 끝이 한결같기란 어렵다. 사람의 말과 행동은 쉽사리 변하기 때문이다. 그런 만큼 정도의 차이만 있을 뿐 사람은 누구나 언행일치가 어려운 법이다. 이는 얼마나 노력하느냐에 따라 달라진다. 스스로 변하지 않으려고 다짐해야 된다.

　"초심으로 돌아가라"는 말을 흔히 듣고, 쓰기도 한다. 자신이 들을 때는 쓴소리로 들리고, 남에게 할 때는 마음을 담는다. 인간은 자기 본위로 재단하기 때문에 그렇다. 자신은 "그렇지 않다"고 얘기하는 이도 있을 것이다. 진정성이 없다고 본다. 솔직함을 결여한 까닭이다. 남을 의식하지 않고서는 살아갈 수 없다. 그렇다면 타인에게 평가받는 것이 맞다.

　나는 어떻게 살아왔나. 자문해본다. 정말 초심을 잃지 않고 살아왔을까. 노력은 했지만, 미흡했던 것 같다. 친구처럼 지내는 매제가 말했다. "처남, 옛날이 훨씬 보기 좋았어." 나이를 먹고, 직위가 바뀌면서 달라졌다는 얘기일 터. 나를 다시 한 번 돌아보는 계기가 됐다. "초심을 잃지 말자." 나에게 주어진 영원한 과제다.

　　스트레스를 푸는 데도 여러 가지 방법이 있다. 가장 미련한 짓은 폭음. 몸이 축나고 정신도 더 흐릿해진다. 그것을 알면서 술을 찾곤 한다. 자기만의 비법을 터득하는 것이 좋다. 그냥 품고 있으면 병이 되는 것이 스트레스다. 어떻게든 풀어야 한다. 또 빠를수록 좋다.

　　"속이 후련하다"라는 말을 자주 듣는다. 가슴속에 응어리졌던 것을 풀었을 때 튀어나오는 말이다. 그러려면 들어주는 상대방이 있어야 한다. 혼자 하소연을 할 수는 없기 때문이다. 남의 말을 잘 들어주는 것도 장점이다. 고민 해결사라고 할까. 인내심을 가진 사람만이 가능하다. 하소연을 끝까지 듣기 위해 꼭 필요한 대목이다. 상대방이 말하는 도중 끊으면 안 된다. 이런 경우 되레 상처를 더해준다.

　　시골 친구가 어렵사리 말을 꺼냈다. 가정 문제였다. 늦장가를 가 큰놈이 초등학교 5학년, 막내가 초등학교 1학년이다. 게다가 몸이 불편한 장인, 장모를 모시고 산다. 얘기를 다 들었다. "요즘 자네 같은 사람 드물어. 복 받을걸세." 그 친구의 표정이 금세 밝아졌다.

07 작은 정성, 큰 감동

작은 정성이 큰 감동을 자아낸다. 살다보면 그런 일을 많이 겪는다. 거기에 고맙고, 감사할 줄 알아야 한다. 하지만 사소하게 여기기 쉽다. 그래서 인사도 못하고 지나치는 일이 적지 않다. 나중에 상대방의 얘기를 듣곤 무안해한다. 진작 조금만 신경 쓰면 될 일을 간과하다 낭패를 보는 경우다.

요즘은 인사를 건넬 수 있는 수단이 많다. 직접 만나지 않더라도 방법을 찾으면 된다. 전화뿐만 아니라 이메일, 문자메시지를 보내면 된다. 생각날 때 당장 실천하는 것이 좋다. 너무 편리하다 보니 뒤로 미루는 경향이 있다. 그러다 보면 잊어버리기 일쑤다. 무엇보다 습관을 들이는 것이 필요하다.

뜻밖의 연하장을 받았다. 검찰 고위직을 지낸 변호사에게서 온 것이다. 개업식에 참석한 적이 있었는데, 당시 사진을 동봉해 왔다. "변치 않는 우정에 감사드립니다. 개업 소연 때 사진을 동봉합니다." 그렇게 반가울 수가 없었다. 그의 환한 얼굴이 중첩됐다. 그래서 바로 메시지를 띄웠다. "형님, 사진 잘 받았습니다. 감사합니다." 그와의 다음 만남이 기다려진다.

셋이서 한 해를 마무리하는 모임을 가졌다. 나를 뺀 둘은 사업하는 분들로 적잖이 마음고생을 했던 한 해였다. 송사까지 치렀으니 짐작이 가고도 남는다. 그중 한 명은 감정이 매우 상해 있었다. 상대방에 대한 배신감 때문이었다. 그 상대방은 나도, 또 다른 분도 알고 있는 지인이다. 그래서 관심이 클 수밖에 없었다.

무관심이 화근이었다. 상대방을 믿고 일을 맡겼는데, 되레 피해를 입었다며 분을 삭이지 못했다. 순간 분위기가 냉랭해졌다. 남을 탓하는 분이 아니기에 어리둥절했다. 한 분이 입을 열었다. "회장님이 용서하세요. 그러면 마음이 편해집니다." 그분 역시 똑같은 사람에게 피해를 당한 처지여서 다음 말이 궁금했다. "저는 모든 것을 잊기로 했습니다."

서운함은 잊기 어려운 게 사실이다. 그러나 그것을 오래 가지고 있으면 병이 된다. 그럴 바에는 버리는 것이 훨씬 낫다. 마음의 문을 열지 않으면 타인을 용서하기가 쉽지 않다. 새해에는 이해와 용서하는 마음으로 만물을 대하자. 그것이 바로 나를 위한 길이다.

09 청백리

옛날 선비들은 청빈을 강조했다. 가난을 전혀 부끄럽지 않게 생각했다. 뒷박에 곡식이 떨어져도 구걸을 하지 않았다. 굶으면서도 기개를 잃지 않았다. 시대가 바뀌면서 청빈한 공무원을 찾아보기 어렵다. 청렴의무를 강조하지만 실천하는 게 쉽지 않은 때문일 터. 고위 공직자보다는 하위 공무원 가운데 미담이 더러 소개될 뿐이다.

노태우 정부 때 청백리상을 준 적이 있다. 정부 각 부처와 시도에서 한 명씩 뽑았다. 개인에게 큰 영광이 아닐 수 없다. 백부님이 그 상을 받으셨다. 정말 깨끗하고, 가난하게 살아오신 분이다. 시골 할아버지로부터 물려받은 재산을 처분한 뒤 겨우 조그만 집을 마련했다. 남들이 왜 그렇게 사느냐고 반문할 정도다. 그럴 때마다 "제가 별다른 재주가 없어서요"라고 답했다.

훈장은 자손들에게 자랑이자 짐이다. "훈장 받은 집안인데……." 말끝에 꼭 붙어 다닌다. 그러니 행동반경도 좁을 수밖에 없다. 큰집에 가면 당시 훈장이 가르침을 주는 듯하다. "무슨 일이 있더라도 청렴하게 살아야 한다."

행복을 수치화한 것이 행복 지수다. 어느 시대, 어떤 종족을 막론하고 행복해지고 싶어 한다. 자기 자신의 불행을 원하는 사람이 있겠는가. 어떻게 하면 행복해질까. 우리가 안고 있는 영원한 숙제이기도 하다. 거기에 정답은 없다고 본다.

물질은 행복의 전제 조건이다. 의식주가 해결되지 않으면 행복을 얘기할 수 없다. 때문인지 많은 사람들이 물질에서 행복을 찾으려고 한다. 가장 손쉬운 방법이기도 하다. 그러나 물질이 넘친다고 행복 지수가 높아질까. 그렇지 않을 게다. 인도나 방글라데시 빈민들의 행복 지수는 낮지 않다고 한다. 물질이 전부가 아니라는 것을 보여주는 셈이다.

그렇다면 어디에서 행복을 찾아야 할까. 나는 정신, 마음에서 행복을 추구하고자 한다. 우선 마음이 평온해야 행복을 얻을 수 있기 때문이다. 심리 상태가 불안정하면 행복해질 수 없다. 마음은 스스로 다잡아야 한다. 자신에게 주문을 거는 것도 하나의 방법이다. "나는 행복하나. 고로 나는 존재한다."

11 초인

인간의 능력은 상상을 초월한다. 도저히 믿기지 않는 일을 해낸다. 기적을 일궈냈다고도 말한다. 그래서 인간은 위대하다. 그런 인물들은 두고두고 추앙을 받는다. 더욱이 한계상황에서 업적을 쌓은 경우가 많다. 그분들의 삶은 한 편의 드라마를 보는 것 같다. 감동을 더해주는 이유다.

장영희 교수가 세상을 떠났다. 암 투병 중에도 강의와 집필활동을 계속했다. 누구도 그의 의지를 꺾지 못했다. 아름다운 임종이었다고 한다. 아침 출근 전, 텔레비전을 봤다. 이해인 수녀가 희망의 메시지를 전했다. 그분 역시 암 투병 중이다. 『희망은 깨어 있네』라는 시집도 냈다. 항암 및 방사선 치료에도 불구하고 의연하게 희망가를 부른다.

먼저 간 이들에 대한 애틋한 정도 노래했다.

이 세상에 영희를 닮은

희망의 사람들이 더 많아져서

아름다운 세상이 올 수 있도록.

영희와 함께 기도할게요. 안녕!

장영희 김점선 이해인

셋이 다 암에 걸린 건

어쩌면 축복이라 말했던 점선.

하늘나라에서도

나란히 한 반 하자더니

이제는 둘 다 떠나고

나만 남았네요.

분명 이들 셋은 우리시대의 초인이다.

12 당산동 슈바이처

　의사에 대한 일반적 인식은 그리 좋지 않다. 우선 친절 면에서 거리가 있다. 대학 등 큰 병원은 더하다. 예약하기가 쉽지 않다. 서너 달 기다리는 것은 다반사다. 평균 진료 시간은 3~5분. 환자의 입장에선 황금 같은 시간이다. 한마디라도 더 듣고 싶어 한다. 하지만 의사들은 시큰둥하다. 기계적으로 사람을 검진하고, 다음을 외친다. 그래도 아쉬워 그곳으로 또다시 발길을 돌린다.

　동네에 조그마한 의원이 있다. 20년 넘게 한자리를 지키고 있다. 낡은 3층짜리 건물을 허물고 6층으로 올렸을 뿐이다. 항상 사람들로 넘쳐난다. 먼 길도 마다않고 달려온다. 노인들이 특히 많다. 원장님을 보려고 찾는 것이다. 자그마한 체구의 원장님. 언제나 웃음 띤 얼굴이다. 한 번도 찌푸린 인상을 보지 못했다. 그 때문인지 60대로 보이지 않을 만큼 젊어 보인다.

　우리도 만 18년째 들락거리며 단골이 됐다. 원장님이 가족의 족보를 훤히 꿰고 있다. 일일이 안부를 묻기도 한다. 다리가 아픈 장모님께는 구세주 같은 분이다. 원장님을 뵙고 오면 편해진단다. 우리집에서는 원장님을 당산동 '슈바이처' 라고 부른다.

13 아름다운 기부

나이가 들수록 죽음을 걱정한다. 누구든 편하게 잠들길 바란다. 고통 없는 죽음, 모두의 희망 사항이다. 임종이 다가온 노인들은 이처럼 기도한다고 한다. "내일 아침 영원히 눈을 뜨지 않았으면 좋겠다." 잠자리에서 숨을 거뒀으면 하는 것. 고통을 느끼지 않을 수 있다는 확신에서다. 장모님도 그 같은 말을 되뇌인다.

죽음 이후도 걱정하는 게 인간이다. 유언이 그렇다. 차마 눈을 감을 수 없어 절규하기도 한다. 맨몸으로 태어나 맨몸으로 간다지만 아쉬움이 커서 그럴 게다. 자기의 누울 자리도 걱정한다. 묘를 썼으면 하는 게 대다수의 욕심이다. 이승에 태어나 흔적을 남기고 싶어 하는 심정의 방증으로 본다.

잘 단장된 묘지는 부러움을 산다. 자손들이 칭찬 받는다. 그것을 즐기는 후손도 적지 않다. 재벌의 화장. 생소하게 들린다. 그런데 최종현 전 SK회장은 그것을 선택했다. 많은 이들의 감동을 사아냈다. SK그룹은 선대 회장의 유지를 받들어 장례종합시설을 세종시에 기부했다. 이처럼 아름다운 기부가 또 있겠는가. 화장 문화를 다시 한 번 생각케 한다.

14 서설(瑞雪)

내 고향 충청도. 차령산맥 줄기인 보령이 그곳이다. 뒤로는 성주산, 앞으로는 오서산이 드리워져 있다. 청라(靑羅)면. 비단을 깔아놓은 것처럼 풍광이 좋다. 열두 살까지 마음껏 뛰어놀았다. 겨울에는 눈도 엄청 왔다. 무릎까지 파묻히곤 했다. 산으로 올라가 토끼몰이도 했다. 그래서 눈을 싫어하지 않았다.

눈은 상서로움에 비유된다. 서설이라고 하는 것도 그 같은 이유에서다. 좋은 징조로 보는 것이다. 새하얀 눈. 밤새 수북이 쌓인 눈은 기분을 맑게 한다. 초가집과 장독대 위에 멋지게 드러누워 순백의 자태를 뽐낸다. 겨울날 한 폭의 동양화를 보는 듯하다. 눈에 대한 향수는 여전하다.

서울에 폭설이 내렸다. 기상청이 생긴 이후 처음이란다. 서울 시내는 마비가 됐다. 제설 작업도 엄두를 내지 못했다. 시민들이 며칠 동안 고생했다. 눈의 재앙이라고도 표현한다. 영세 상인들은 사나흘 동안 장사를 못해 발을 동동 굴렀다. 직장인 역시 출퇴근을 하면서 홍역을 치렀다. 서설의 이미지가 바뀔지도 모르겠다. 매사가 그렇듯 지나치면 부족함만 못한 것 같다.

할머니에게는 무언가 있다. 먼저 푸근함이다. 엄마보다도 더 하다. 엄마는 야단을 치지만, 할머니는 감싼다. 이 세상에 모진 할머니는 거의 없다고 본다. 요즘은 엄마를 많이 대신한다. 맞벌이 부부가 많기 때문이다. 낮에는 할머니 품에서, 밤에는 부모와 함께 생활한다.

아파트 같은 층에 할머니가 혼자 사신다. 몇 해 전 할아버지는 돌아가셨다. 할머니는 언제 뵈어도 밝은 모습이다. 우리 아파트 주민에게는 명랑 할머니로 통한다. 누구에게나 먼저 다가가신다. 손을 꼭 잡고 안부를 묻는다. 마치 친할머니, 친어머니처럼 다정다감하다. 그래서 할머니를 뵈면 온종일 기분이 좋다.

할머니는 올해 78세. 3년 전 돌아가신 어머니와 동갑내기다. 나에게 더 가까이 다가온다. 아직도 정정하시다. 이젠 보험 영업을 그만두고, 봉사 활동에 전념한다. 누가 시켜서 하는 것도 아니다. 힘들지 않느냐고 여쭤봤다. "재미있고 보람있다"고 말씀하신다. 앞으로 힘닿을 때까지 계속할 생각이란다. 할머니의 만수무강을 빈다.

16 남편의 축하

부부는 가장 가까운 사이다. 결혼과 함께 남남이 만나 하나가 된다. 자식을 낳고 가정을 꾸민다. 남편과 아내는 가정의 주축이다. 둘 다 잘해야 금실을 유지할 수 있다. 여기에 사랑은 기본이다. 서로에 대한 존경심도 가져야 한다. 실천하는 게 쉽지 않아서 문제다.

맞벌이 부부가 많다. 남편보다 잘나가는 아내도 적지 않다. 직위나 수입 면에서 남편을 능가하는 것이다. 그러면 아내의 발언권도 커지기 마련이다. 남편은 아니라고 해도 조금은 위축될 수밖에 없다. 지인들을 만나 하소연도 한다. 이런 경우, 아내가 남편의 기를 살려줘야 한다.

오랫동안 만나온 경찰관 부부가 있다. 둘은 이번 인사에서 승진 대상자였다. 그런데 남편은 탈락하고, 부인만 승진했다. 부인은 미안해서 남편과 시댁 식구들한테 얼굴을 들 수 없었다고 한다. 승진 발표 후 남편의 축하를 제일 먼저 받고 눈물을 흘렸단다. 그들 부부를 만났다. 남편에게 위로의 말을 건네자 대답한다. "아내라도 됐으니 다행이지요. 아내가 저보다 훌륭합니다."

17 자수성가

이 세상에 처음부터 부자는 없다. 각고의 노력 끝에 부를 일군다. 모든 사람들이 돈을 벌려고 몸부림치지만 여의치 않다. 무일푼에서 시작해 재산을 축적한 사람들을 자수성가했다고 한다. 주위의 부러움을 산다. 희망을 주기도 한다. 언젠가는 성공할 수 있다는 믿음을 주기 때문이다.

이른바 자수성가했다는 이들의 공통점을 발견한다. 모두가 부지런하다. 또 성실하다. 남보다 훨씬 많은 일을 했다는 것을 알게 된다. 그냥 운 좋게 되는 일은 없다. 피눈물 나는 고생도 한다. 그것을 극복할 때만 기회를 잡을 수 있다. 아울러 기회를 잡으면 반드시 자기 것으로 만든다. 그들만의 비법이다.

중학교만 마치고 서울로 올라온 친구가 있다. 가난에서 벗어나기 위해 상경했던 것이다. 최초의 일은 점원. 1년 365일 중 추석과 설 이틀만 쉬었단다. 그러기를 7년. 주인이 친구의 성실성을 보고 가게를 통째로 물려줬다. 어엿한 사장으로서 착실히 저축했다. 서울 한복판에 자그마한 빌딩도 마련했다. 이제는 베풂을 실천하고 있다. 인생의 2막을 열어가는 그를 보면 흐뭇하다.

18 난향

　　시인들은 난을 노래했다. 절제된 언어로 그것의 자태를 읊는다. 언어의 마술사 덕에 난은 화초 중에서도 최고봉을 자랑한다. 화가들에게도 좋은 소재다. 동양화의 기본은 난치기. 난이 없는 그림을 찾아보기 어려울 정도다. 4군자라 하는 매란국죽(梅蘭菊竹)도 그래서 나왔을 터다.

　　난의 종류는 헤아리기 어려울 만큼 많다. 가격도 천차만별이다. 수억 원을 호가하는 것도 있단다. 일반인에게는 그림의 떡이다. 그러나 아무리 좋은 난도 관리하기에 달렸다. 주인을 잘 만나야 한다는 얘기다. 골방에 처박혀 있으면 무용지물이다. 사람과 얼굴을 마주보고 있을 때만 난의 진가가 발휘된다.

　　자리를 옮길 때마다 빼놓지 않고 챙기는 게 있다. 두 개의 난이다. 하나는 잘 알고 지내온 장관이 보내준 것. 또 하나는 후배가 선물한 것. 많은 난 중에서 두 개만 고른 이유가 있다. 내 마음을 훔쳤기 때문이다. 만 2년이 넘었는데도 잘 자란다. 기품을 잃지 않도록 정성을 쏟았다. 아침에 출근하면 방긋 웃는 것 같다. 난향에 취해 글 쓰는 기분은 무엇과도 바꿀 수 없다.

19 착한 경비원 아저씨

아파트에서 얼굴을 가장 많이 마주치는 사람이 누구일까. 옆집도 아니다. 경비원이다. 아침에 출근하고, 저녁에 귀가하면서 하루 두 번은 본다. 물론 휴일에 외출하다 보면 더 볼 수 있다. 자연히 정도 들게 된다. 대부분 나이 드신 분들이어서 다정다감하다. 할머니, 할아버지들에게는 말벗이 되어 준다. 고마운 분들이 아닐 수 없다.

정식으로 인사를 나누지 않아 얼굴만 알고 지낸다. 때문에 눈인사로 대신할 때가 많다. 간혹 성씨를 붙여 아저씨라고 호칭한다. 아파트에서는 주민끼리도 ○○호로 통한다. 삭막한 풍경의 연속이다. 서로 알려고도 하지 않는다. 옆집이 무슨 일을 하는지 모른다. 경비원들이 메신저다. 그들을 통해 주민들의 소식을 일부나마 들을 뿐이다.

경비 아저씨들의 노고가 많은데도 이를 몰라주는 못된 주민들이 있다. 그들을 마치 하인 부리듯 하려는 사람들을 볼 수 있다. 대판 싸우기도 한다. 그러면 며칠 뒤 경비원이 안 보인다. 그만뒀다는 소식이 전해진다. 함께 사는 세상이 아름다운 법인데……

20 삶과 죽음

2010년 아이티 지진이 발생했다. 사망자 수만 10만 명을 넘었으니 대재앙이다. 시민들은 여진 공포에 집을 나와 거리에서 새우잠을 잔다. 가족을 잃고 울부짖는 이재민을 본다. 왜 그런 비극이 일어날까. 그것도 가난한 나라에서 빚어져 눈물샘을 더 자극한다. 전 세계가 그들을 돕기 위해 발벗고 나선 것은 고무적이다. 인류애가 살아있음을 보여준다.

죽음의 공포. 겪어보지 않고서는 알 수 없을 터. 조각배를 타고 탈출 행렬이 이어진다. 배에 오르기 위해 필사적이다. 아이, 어른 할 것 없다. 어떻게 하든 살아야 한다는 계산에서다. 두 눈으로 죽음을 목도한 그들이다. 그들에겐 죽음의 땅에서 벗어나는 길만이 유일한 희망인 셈이다.

살아 있음을 행복하게 느껴야 한다. 그런데 삶의 가치를 모르고 지내는 경우가 많다. 오히려 현재 상황에 대해 불평을 한다. 왜 이렇게 일이 안 풀릴까, 아플까, 죽고 싶은 심정이다. 이런 말들을 곧잘 내뱉곤 한다. 절망을 희망으로 바꿀 수 있는 것이 인간이다. 우리에게는 그런 힘이 있다. 누구든 절대 포기해선 안 된다.

21 첫사랑

"결국 그 소녀는 오늘 이 순간에도 컴퓨터를 두드리는 내 옆에서 졸고 있습니다. 너무도 행운아인 나는 그 첫사랑을 죽을 때까지 곁에 둘 수 있게 되었습니다. 이제는 아줌마가 되어버린 아내에게서 아직도 가끔은 하얀 얼굴과 노오란 스웨터가 너무도 예뻤던 그 소녀를 봅니다."

어느 재벌 회장이 회상한 첫사랑이다. 얼마나 순수한가. 인간미가 배어 있다. 이처럼 첫사랑은 때가 묻지 않는 법. 그 같은 추억을 가지고 있는 것만으로도 마냥 행복해 보인다. 누구나 첫사랑에 대한 소회는 있을 것이다. 하지만 대부분 잊고 산다. 지금 아내가 동일인이 아닐 가능성이 크기 때문이다.

첫사랑은 이성으로서 갖는 최초의 감정이랄 수 있다. 내가 아닌 다른 사람을 좋아할 수 있다는 것, 그것은 축복이다. 인간이 감성을 지닌 동물이기에 누릴 수 있다고 본다. 첫사랑 상대는 나이를 따지지 않는다. 그래서 좋아하는 대상이 다양하다. 속앓이만 하는 경우를 많이 본다. 먼발치서 바라만 봐도 사랑을 느낀단다. 불행히도 첫사랑을 느껴보지 못했다. 사랑을 얘기하는 게 왠지 쑥스럽다.

22 성묘

어려울 때 제일 먼저 생각나는 이는 누구일까. 돌아가신 부모님일 게다. 살아 계실 때는 잘 몰라도 돌아가신 다음에 더 생각난다. 생전에 하셨던 말씀을 되새김한다. 자식이 잘됐으면 하는 게 부모님의 한결같은 소원이다. 그 바람을 이루어 드리는 게 도리이나 쉽지 않다. 인생사가 뜻대로 되지 않기 때문이다.

매주 부모님의 산소를 찾는 고위 공직자가 있다. 거짓말 같은 사실이다. 바쁜 와중에도 틈을 내 꼭 찾는다. 토요일에 가지 못하면 일요일에 간다. 왕복 네 시간이 넘게 걸리는 곳이다. 보통 정성이 아니다. 그의 아내 역시 동행한다. 아내가 불평하지 않느냐고 물어봤다. 당연히 그렇게 해야 하는 것으로 알고 있단다. "산소에 가면 마음이 맑아 집니다."

고향에 부모님이 나란히 누워 계신다. 아버지는 37년 전, 어머니는 3년 전 돌아가셨다. 산소를 자주 찾지 못해 항상 죄송스럽다. 1년에 한두 번이 고작이다. 벌초할 때를 빼곤 거의 찾지 못하고 있다. 유독 아버지와 어머니의 사랑을 많이 받은 나다. 앞으론 틈틈이 산소를 찾아 인사를 드릴 계획이다. 두 분이 방긋 웃는다.

 "개가 아파 쓰러지면 가축병원 달려가나, 늙은 부모 병이 나면 노환이라 생각하네. 부모들은 열 자식을 마다 않고 키우는데, 열 자식은 한 부모를 귀찮다고 내버리네." 지인이 메일을 보내왔다. 권효가(勸孝歌)였다. 효를 권장하는 노래다. 무릇 효는 아무리 강조해도 지나치지 않다. 그러나 그것을 잊고 산다.

 우리는 예로부터 동방예의지국이라 했다. 여기에는 효도 포함될 터. 효는 산 교육이다. 말로만 해서는 안 된다. 실천을 할 때만 비로소 깨닫는다. 가정이 산 교육장이다. 아이들은 부모가 하는 것을 보고 따라한다. 엄마, 아빠가 모범을 보여야 한다는 얘기다. 그 첫 번째는 늙은 부모 잘 모시기다. 사람은 다 늙는다. 누구든 예외일 수 없다.

 "자식 위해 쓰는 돈은 한도 없이 쓰건마는 부모 위해 쓰는 돈은 계산하기 바쁘도다. 자식들을 데리고는 바깥 외식 자주하나. 늙은 부모 모시고는 외식 한 번 힘들구나. 살아생전 불효하고 죽고 나면 효심날까." 이어진 메시지가 가슴을 울린다. 내리사랑은 있어도 치사랑은 없다는 얘기일까. 부모님이 모두 돌아가셨기에 효를 하려 해도 할 수 없다. 살아생전에 효도하자.

24 고백

흉금을 터놓고 지내는 사이라고 흔히 소개한다. 정말 그럴까. 속마음을 모두 내보일 수 있다는 얘기다. 부부 사이에서도 쉽지 않은 일이다. 무덤까지 갖고 갈 비밀이 있다고 한다. 그처럼 약속을 했다면 지키는 게 옳다. 숨김없이 사실대로 말하는 것을 고백이라고 한다. 따라서 고백 자체는 나쁠 것이 없다.

사랑하는 사람끼리의 고백이 제일 많을 터. 결혼을 전제로 사귀는 경우라면 더하다. 속에 없는 말까지 지어낼 가능성이 크다. "나는 너밖에 없어. 우리 결혼하자. 행복하게 해줄게." 남자들이 여자들에게 가장 많이 쓰는 말일 게다. 여자들도 그렇게 믿고 싶어 한다. 그래서 청혼을 받아들이고, 결혼에 이르게 된다.

거짓 고백이 많다는 데 문제가 있다. 그것은 위선이다. 아니함만도 못하다. 고백은 하얀 백지 상태에서 해야 한다. 복선을 깔면 안 된다는 뜻이다. 고백을 했다면 이후 날아갈 듯 홀가분해야 한다. 그렇지 않고 찜찜한 구석이 남아 있다면 고백한 게 아니다. 고백을 자주 해서도 안 된다. 거짓이나 위선으로 살아왔음에 다름 아니다. 진실되게 살자. 가급적 고백할 일이 없는 게 잘 사는 길이다

"다정한 연인이 손에 손을 잡고 걸어가는 길. 저기 멀리서 우리의 낙원이 손짓하며 우리를 부르네. 길은 험하고 비바람 거세도 서로를 위하며 눈보라 속에도 손목을 꼭 잡고 따스한 온기를 나누리. 이 세상 모든 것 내게서 멀어져가도 언제까지나 너만은 내게 남으리. 다정한 연인이 손에 손을 잡고 걸어가는 길. 저기 멀리서 우리의 낙원이 손짓하며 우리를 부르네."

가사가 매우 서정적이다. 1977년 제1회 대학가요제에서 동상을 받은 '젊은 연인들'이다. 당시 많이 따라 불렀다. 노래를 워낙 부르지 않는 터라 한동안 잊고 지냈다. 일찍 눈이 떠져 카페에 들렀다. 아들 군동기 녀석 어머니가 가사와 함께 노래를 올렸다. 너무 듣기 좋았다. 새벽 분위기에 썩 어울렸다. 그래서 몇 번이고 반복해서 들었다.

요즘 노래를 들어보자. 텔레비전을 틀면 뜻 모를 가사가 튀어나온다. 우리말인지, 영어인지 도대체 알 수가 없다. 언어 파괴 현상이 심각하다. 하지만 누구도 탓하지 않는다. 청소년들은 물론 중장년층도 거기에 빠져드는 느낌이다. 아름다운 우리말을 제쳐두고 외래어를 사용하는 것은 고쳐야 한다. 대중문화를 선도하는 이들의 몫이다. 우리말, 한글을 더욱 아끼자.

26 모자(母子)의 정

어머니에게 자식은 전부다. 모든 것을 희생하는 게 우리네 부모다. 그중에서 어머니의 자식 사랑이 각별하다. 남자가 혼자되면 잘 살지 못한다. 재혼을 하지 않을 경우 식구들이 뿔뿔히 흩어지기도 한다. 그러나 어머니는 다르다. 혼자서도 열 자식 다 키운다. 그래서 여자가 남자보다 강하다고 말하는지도 모르겠다.

아들 사랑은 어머니의 전유물이라고 해도 과언이 아니다. 딸들의 불평을 아랑곳하지 않는다. 집안의 기둥이라며 애지중지한다. 특히 장남에 대한 사랑은 남다르다. 맏이가 잘돼야 한다는 막연한 믿음 때문이다. 실제로 맏이는 가장 노릇을 톡톡히 했다. 동생들 교육 및 결혼을 상당 부분 책임졌다. 우리나라에서만 찾아볼 수 있는 전통일 게다.

의료원장으로 있는 지인의 어머니를 모시고 함께 식사를 했다. 팔순을 넘겼는데 정정한 편이다. 지인은 막내 아들. 어머니는 아들의 얼굴을 한참 들여다봤다. "네 얼굴이 많이 상했다. 주름살도 많이 늘었다. 이사하느라 고생해서 그런가"라며 두 손을 꼭 잡았다. 50대 중반인 아들은 부끄러워했다. 나이가 들어도 어머니에겐 애기 같아 보인다. 모자의 정은 끊으려야 끊을 수가 없다.

27 동병상련

서로 처지가 비슷해야 상대방을 이해할 수 있다. 그래서 끼리끼리 모이게 된다. 관심사도 비슷하다. 자연스럽게 얘기를 많이 한다. 그러다가 어느 순간 행운도 얻는다. 풀리지 않던 일의 돌파구를 찾아내곤 안도의 한숨을 쉰다. 특히 병에는 소문을 내라고 했다. 혼자서 끙끙 앓다간 병을 키우게 된다.

저녁 무렵 지하철을 탔다. 70대 초반으로 보이는 할머니에게 자리를 양보했다. 무릎이 매우 아픈 눈치였다. 옆자리의 50대 후반쯤 되는 낯선 아주머니와 얘기를 했다. "무릎이 아파서 죽을 지경이에요. 병원에 가도 낫지 않고, 침도 아파서 못 맞겠어요." 할머니가 신세 한탄을 했다. 그러자 아주머니가 자신의 경험담을 털어놨다. "봉천동 모 한의원에 가보세요. 저는 침을 맞고 완전히 효과를 봤어요." 할머니는 주섬주섬 볼펜을 꺼내 메모한다. 지푸라기라도 잡고 싶은 심정에서다.

아픈 사람에게는 모든 말이 솔깃해진다. 효과가 있다고 하면 천 리 길을 마다치 않고 달려간다. 물론 헛걸음치는 게 다반사다. 그래도 희망을 걸어본다. 낫는다고 하면 무슨 짓을 못하랴. 가족들은 이런 행위를 못마땅해한다. 하지만 그들에겐 따뜻한 보살핌이 절대적으로 필요하다. 동병상련의 심정을 보여주라.

28 큰 형부

큰언니가 결혼했다. 형부는 멋쟁이 신사였다. 마치 백마를 타고 온 왕자 같다고 할까. 소녀는 쑥쓰러워 형부를 제대로 쳐다보지도 못한다. 10대 사춘기 소녀들이 한 번쯤 겪는 일화다. 옛날에는 큰언니와 막내의 경우 나이 차가 많이 났다. 스무 살 넘게 터울지기도 했다. 큰언니는 엄마, 큰 형부는 아버지와 같은 존재였다.

막내가 고3 때 아버지가 돌아가셨다. 청천벽력 같았다. 아버지는 언제나 사랑스러운 존재였다. 그 빈자리를 형부가 채워주었단다. 자상한 형부는 처제에게 큰 산 같았다. 가까이 있는 것만으로도 든든했다. 그같이 친절한 형부도 불의의 교통사고로 세상을 떴다. 막내에게는 또다시 시련이 찾아왔다.

쉰이 넘은 막내는 지금까지 싱글로 지낸다. 사업을 하는 관계로 바쁘게 산다. 큰 형부 얘기를 꺼냈다. "요즘도 어려운 일이 있으면 대전국립현충원으로 형부를 찾아갑니다. 그곳에서 형부와 한두 시간 얘기를 나누고 오면 마음이 편해집니다." 누구에게나 의지하는 인물이 있다. 아버지, 어머니가 제일 많을 것이다. 큰 형부도 막내 처제를 반갑게 맞이할 것이다.

29 꼴찌에게도 박수를

우리 사회는 우등생만 대접받는다. 집안에서도, 학교에서도, 직장에서도 마찬가지다. 그들은 갖은 혜택을 받으니 계속 잘나갈 수밖에 없다. 따라잡으려고 노력해도 여간 힘든 게 아니다. 우열이 고착화되는 징조다. 위화감도 생기게 된다. 인간의 존엄성을 다시 한 번 되돌아보게 한다.

1등이 있으면 꼴찌도 있기 마련이다. 누군들 1등을 하고 싶지, 꼴등을 원하겠는가. 그러나 경쟁 사회에서 서열화는 불가피하다. 꼴찌가 1등으로 올라가는 경우도 있다. 그런 사람들의 애기는 책으로 출간돼 인기를 끈다. 지극히 드물기는 하다. 꼴찌도 희망을 버리면 안 된다. 언젠가는 1등이 될 수 있다는 신념을 갖고 매진해야 한다.

한국 축구가 처음으로 중국에 패했다. 온통 난리다. 선수들은 물론 국민들도 충격에 빠진 느낌이다. 32년 만에 패했으니 그럴 만도 하다. 하지만 영원한 승자가 없다는 것을 간과한 듯하다. 기록은 언젠가 깨진다. 그것이 오늘 왔다고 실망하고, 탓하는 것은 바람직하지 않다. 전화위복의 계기로 삼아 더욱 분발해야 한다. 꼴찌에게도 박수를 쳐주는 성숙한 시민 의식이 필요하다.

30 주는 기쁨, 받는 기쁨

설과 추석에는 선물을 주고받는다. 크든 작든 정성이 깃들어 있기에 값으로 따질 수 없다. 아마도 우리나라에만 있는 풍속인 듯하다. 이 기간에는 택배 회사 직원들이 고생한다. 싱싱한 해산물이나 신선한 고기, 과일 등을 최대한 빨리 배달해준다. 당일 도착하는 것도 적지 않다. 받는 입장에선 고마울 따름이다.

선물 받는 것만 좋아하는 사람들이 있다. 직업적으로 그런 부류들이 존재한다. 대접을 주로 받는 계층이다. 선물을 받는 것도 당연시한다. 그러다 보면 오히려 선물이 오지 않는 것을 이상하게 생각할 것이다. 인간은 이처럼 간사한 구석이 있다. 나밖에 모르는 사람들의 행태다. 주는 기쁨이 더 크다는 것을 알 리 없다.

1990년대 중반부터 지인들에게 조그마한 선물을 보내고 있다. 고향에서 나는 특산물이다. 더 푸짐한 것을 보내드리지 못해 항상 죄송한 마음이다. 지인들에게서 전화가 온다. "형편이 넉넉하지 않을 텐데 또 보냈느냐. 앞으로 보내지 마라. 마음만 받겠다." 작은 정성임에도 반갑게 받아줘 고맙기 그지 없다. 어쨌든 주는 쪽의 마음이 편한 법. 베풀며 사는 방법을 터득하자.

31 보고 싶은 어머니

어머니가 돌아가신 지 2년이 흘렀다. 두 돌 제사에 다녀왔다. 어머니가 안 계신 형님댁은 쓸쓸했다. 따뜻하게 맞이해주는 어머니의 온기가 그립다. "너희들 오느라고 고생했다. 어서 밥 먹자." 손을 덥석 잡으며 늘 하시던 말씀이다. 두 해 전까지는 그랬다. 그래서 명절이나 아버지 제사 때 일찍 내려갔다. 어머니와 함께하는 시간은 그 자체로 즐겁다. 집을 떠나올 때는 1층까지 내려와 배웅을 했다. 아들 녀석과 아내에게는 용돈도 찔러넣어주셨다. 어머니는 마흔한 살 때 혼자 되셨다. 누나를 제외하고 우리 4남매가 학교에 다닐 때였다. 하늘이 무너질 것 같은 절망에 빠질 법했다. 그럼에도 어머니는 자식들에게 조금도 내색을 하지 않았다. 속으로 우셨을지는 몰라도 언제나 당당하셨다. 혼자 농사를 지으며 모두 대학 교육을 마치게 했다. 건장한 남자도 못할 일을 어머니의 힘으로 이뤄냈다. 그 고마움은 무엇에도 견줄 수 없다. 2006년 여름 청천벽력 같은 소리를 들었다. 어머니에게 신장암이 발견된 것이다. 어머니는 여전히 의연하셨다. 투병 생활을 하는 와중에도 자식 걱정을 먼저 했다. 연명 치료를 거부하고 2008년 겨울 조용히 눈을 감으셨다. 마지막까지 자식들에겐 부담을 주지 않으셨다. 고통을 혼자 감내하셨다. 날이 갈수록 어머니가 더 보고 싶다.

32 아름다운 배웅

인간은 만남과 헤어짐을 수없이 반복한다. 그러면서 인연도, 악연도 쌓는다. 모든 만남에는 첫 인상이 중요하다. 그래야 기분이 상쾌하다. 좋은 관계를 유지하려면 서로 공을 들여야 한다. 매사가 그렇듯이 일방적인 일은 없다. 받으려고만 해서는 안 된다. 나부터 상대방에게 잘하고, 챙기려고 노력해야 한다. 남탓은 하지 말라는 얘기이기도 하다.

서울 시내 한 구청에 특강을 간 적이 있다. 엘리베이터에서 내리는 순간 반갑게 맞이해주셨다. 전화 통화만 했는데 기다리고 있던 것이다. 생각지도 않은 마중에 기분이 좋았다. 한 시간여 강의를 마쳤다. 인사를 하고 지하 주차장으로 내려가는데 세 명이 따라나섰다. 혼자 가겠다고 극구 사양하는 데도 지하 2층에서 직접 배웅했다. 그들에게 머리를 조아려 몇 번 인사를 했다.

바쁘다는 핑계로 형식적 만남과 헤어짐을 다반사로 한다. 그냥 앉은 자리에서 헤어지는 것보다 엘리베이터까지 배웅하는 것은 조금만 신경 쓰면 실천 가능한 일이다. 주차장이 어디인지 낯선 사람에게 안내를 해준다면 감동은 더 클 것이다. 무엇보다 친절한 행동이 몸에 배어야 한다. 나중에는 습관적으로 움직인다. 거기에 웃음까지 가미시키면 더욱 좋다. 친절과 웃음을 생활화하자.

　　휴일을 보내고 회사에 출근했다. 책상 위에 노란 봉투가 가지런히 놓여 있었다. 크기가 적당한 데다 포장도 세련됐다. 보낸이는 잘 알고 지내는 대기업 사장이었다. 봉투를 열어보니 남녀 손수건과 함께 흰 봉투가 들어 있었다. 얼마 전 문상한 데 대한 답례였다. 작지만 선물을 받기는 처음이었다. 우선 기분이 좋았다. 그분의 인품도 다시 보였다.

　　상을 치르고 나면 보통 인사장을 돌린다. 조문과 조의에 대한 답례에서다. 정황이 없기에 먼저 서면으로나마 인사치레를 하는 것이다. 요즘은 문자 메시지로 대신하기도 한다. 정말 편리한 세상이 됐다. 그러다 보니 정도 메말라감을 느낀다. 전화조차 기피하는 현상이 나타나고 있다. 전화와 인사장, 문자 메시지 가운데 어느 것이 가장 감동을 줄까. 전화일 게다. 목소리의 울림을 통해 서로의 정을 확인할 수 있다.

　　아예 답례를 하지 않는 이들도 본다. 먼길을 다녀왔는데도 인사가 없으면 솔직히 서운하다. 그런만큼 나부터 잘 챙겨야 한다. 나는 제대로 못하면서 남에게서 바란다면 잘못된 생각이다. 한치 앞도 못 보는 것이 인간이다. 자신을 합리화하려는 본성이 자리잡고 있기 때문이다. 노란 봉투 속에 든 선물을 보면서 애·경사의 예절을 거듭 되새긴다.

34 동안거(冬安居)

쉰이 인생의 고비점인 듯하다. 한창 일할 나이인데도 별로 환영받지 못한다. 오라는 데가 많지 않다는 얘기다. 이미 회사를 그만둔 친구들도 적지 않다. 사업을 하는 친구들 역시 마찬가지다. 성공한 친구보다 실패한 이들이 더 많다. 안타까운 일이 아닐 수 없다. 그러나 이대로 주저앉을 수 없는 것 또한 현실이다. 무슨 일이든지 도전해야 한다. 직업에 귀천은 없는 법. 스스로 개척할 수밖에 없지 않겠는가.

지리산으로 낙향한 친구가 있다. 물론 그의 고향은 아니다. 결혼에, 사업에 실패하고 재기하기 위해 그곳을 택한 것. 막걸리 보시를 하며 지낸단다. 마땅히 정해진 거처도 없다. 12인승 이스타나 승합차를 개조해 침상을 만들었다. 물론 난방 및 취사도구도 준비했다고 한다. 이동식 주택인 셈이다. 친구는 2년 전 50세 생일을 기념해 '출가'를 결행했다. 그에겐 꿈이 있다. 고향인 충청도 선산 언저리에 '명상센터'를 꾸리는 게 그것이다. 몸이나 마음이 불편한 사람들이 모든 것을 내려놓고 쉴 수 있는 공간을 만드는 게 목표다. 자신부터 먼저 마음의 눈을 뜨려 수행하고 있다고 한다. 몇 해 전 내가 근무하고 있는 회사에도 들른 적이 있다. 왠지 범상치 않음을 느꼈었는데 최근 동안거(冬安居) 소식을 알려왔다. 친구가 꼭 성공하기를 빈다.

35 노옹의 편지

손때 묻은 편지는 가슴을 뭉클하게 한다. 부모님의 편지가 그렇다. 특히 한글을 겨우 깨우친 어머니의 편지는 언제 봐도 정겹다. 정갈하지 않지만 정이 듬뿍 배여 있기 때문이다. 이젠 부모님이 모두 돌아가셔서 목소리마저 들을 수 없다. 그런데 90세나 되신 어른에게서 편지를 받았다. 편지지에 직접 쓰셨다.

"제 딸의 투병 생활에 커다란 정신적 지주가 되어준 『여자의 속마음』 출판을 축하하며 감사드립니다. (중략) 동봉한 휘호는 본인의 졸서를 혜존 합니다." 믿기지 않을 만큼 달필이다. 아직도 현역에서 뛰고 계시다고 했다. 편지의 내용 또한 현대와 고전을 아우른다. 젊은 사람 못지않은 감각을 지니셨다. 물론 답장을 해드렸다.

사연은 있다. 『여자의 속마음』 주인공이랄 수 있는 암환자 분의 아버지가 보낸 것이다. 그래서 더더욱 값지다. 행간에 딸을 생각하는 부정(父情)이 가득하다. 책을 보시고 그냥 말 법도 한데 편지까지 보내주셨다. 어찌 보답을 해야 하나. 고민 끝에 한번 찾아뵙겠다고 했다. 언제든 시간을 내주시겠다는 연락이 왔다. 그 기쁨은 이루 표현할 수 없다. 어른의 건강도 아울러 빈다.

36 아름다운 이별

죽음은 곧 이별이다. 모든 것을 털고 이 세상을 떠나야 한다. 아쉽고 슬픈 일이다. 그러나 누구도 피해갈 수 없는 것이 죽음이다. 몸부림친다고 해서 비껴가지 않는다. 숙명으로 받아들이고 차분하게 준비하는 것이 좋을 듯싶다. 그러기 위해서는 의연해야 한다. 죽음 앞에 작아질 수밖에 없지만, 또 위대해지는 것이 바로 인간이다.

문단의 큰 별인 박완서 님이 타계하셨다. 원로 작가로서 왕성한 창작 활동을 하셨다. 운명하시기 전까지도 현역임을 자처했다고 한다. 가족들에게 당부한 말씀이 더 잔잔한 감동을 자아낸다. 가난한 문인들에게 부의금을 절대로 받지 말고, 잘 대접하라고 했단다. 가시는 날까지 우리 문단의 현주소를 걱정했던 것이다. 가족들은 그 유지를 따랐다.

죽는 순간 행복해질 수는 없을 터. 생애 가장 극심한 고통이 따른다. 그 다음부턴 영면에 들게 된다. 죽음을 직접 경험한 사람이 없기에 내세(來世)는 알 수 없다. 영(靈)이 존재하는지 여부는 여전히 미지수다. 아름다운 이별을 하려면 영을 믿어야 한다. 더 착해지고 유종의 미를 거두기 위해서다. 박완서 선생님은 분명 하늘나라에서 웃고 있을 게다.

충남 청양에 조그마한 사찰이 있다. 장모님이 자주 찾던 절이다. 지금은 거동이 불편하셔서 가질 못하신다. 그래도 스님과는 종종 통화를 하신다. 기도도 부탁드리고, 이것 저것 묻기도 한다. 나 역시 스님과 몇 차례 통화를 한 적이 있다. 그때마다 넉넉한 품성이 엿보였다. 주말 저녁을 먹고 스님에게 전화를 걸었다. "내일 찾아뵈려고 하는데 계시나요." "오전에 도착하면 군인들이 예배를 볼 겁니다." "그럼 내일 방문하겠습니다."

청양 지역에 주둔하는 군인 20~30명이 예배를 본다고 했다. 아내는 자식 같은 군인들에게 먹을 것을 사다주자고 했다. 그래서 차를 몰고 나가 빵과 음료수, 초콜릿, 과자 등을 샀다. 군에 간 아들 녀석도 좋아하는 것이다. 또래의 아이들에게 줄 선물이라 고민을 하지 않았다. 이튿날 아침부터 서둘렀다. 예배가 끝나기 전 도착하기 위해서였다. 다행히 절에 다다르자 무리의 군인들이 예배를 보고 있었다. 나와 아내도 예배 도중 참석했다. 스님은 오전 11시쯤 예배가 끝난 뒤 우리 부부를 소개했다. "서울에서 여러분들에게 보시하기 위해 아침 일찍 오셨습니다. 박수를 부탁합니다." 우리는 계면쩍었다. 아들을 생각해서 조금 성의를 표시했을 뿐인데……. "우리 주변에는 이런 이웃이 있습니다." 스님의 말씀이 옷깃을 여미게 했다.

38 성경 연구생

　"지금 이곳은 비가 오고 있고 거리는 캄캄해집니다. 아마도 많은 비가 오려나 봅니다. 날씨가 많이 따뜻해졌습니다. 봄이 오고 있는 것 같습니다. 의를 사랑하는 모든 사람들의 가슴에도 봄이 오기를 기원합니다." 멀리 남녘 광주에서 올라온 소식이다. 나와 이메일을 통해 소식을 주고받는다.

　독실한 크리스찬이다. 성경에 대한 연구는 전문가를 능가할 것 같다. 독학으로 한 공부지만, 조예가 아주 깊다. 독서량도 상당해 동서고금을 논한다. 그렇다고 연구에만 매달리지 않는다. 실천하는 신도다. 틈날 때마다 봉사 활동을 한다. 조그만 자영업을 하는데 전국의 봉사 현장을 누빈다.

　"이 책은 남녀노소 누구든 책 속에서 자기 자신을 보게 된다. 그리고 가정, 직장, 돈, 인생, 벗, 위선과 오만, 권력과 지위, 등등. 인간의 욕망과 갈등, 고뇌와 애착이 실제 있었던 사건들과 맞물려 담담하게 표현된다." 내 졸저 『남자의 속마음』에 대해서도 이 같은 서평을 보내왔다. 다분히 성경적 냄새가 난다. 그와의 인연을 행복하게 생각한다. 편지를 받는 기쁨은 무엇과도 비교할 수 없다. 그의 편지를 기다리는 이유이기도 하다.

39 어느 재소자에게서 받은 편지

점심 식사 후 깜빡 조는 사이 한 통의 편지가 배달됐다. 보낸 이는 세 번째 에세이집 『여자의 속마음』을 펴낸 도서출판 오래. 약간 두툼했다. 신간 안내용 보도자료쯤으로 생각했다. 열어보니 또 다른 봉투가 있었다. 원주교도소에 수감 중인 재소자가 출판사 사장에게 보낸 것이었다. 출판사 측은 통째로 편지를 보내왔다. 약간 짚이는 데가 있었다. 작가에 관해 궁금증이 있는 듯싶었다.

내용은 예상대로였다. "저는 지금 방황의 늪에서 어찌할 바를 몰라 망설이고 서성대며 하루하루의 고달픈 삶을 살아가고 있습니다. 헌데 우연히 교도소 측의 배려로 『여자의 속마음』이란 에세이집을 읽게 되었습니다. 오풍연 선생님의 솔직하고 담백한 글의 내용이 정말 마음에 와 닿았습니다. 고맙다는 글이라도 선생님에게 올리고 싶습니다. 기자이자 작가이신 선생님의 주소와 연락처를 알 수 없는지요." 그래서 출판사의 도움을 청한 것으로 보였다.

나 역시 감동을 받았다. 미안한 생각도 들었다. 이번 에세이집을 내면서 지은이 소개를 상세히 하지 않았다. 기자 생활 25년째로 접어드는 바보라고만 했다. 그 재소자에게는 당장 편지를 보낼 참이다. 희망을 잃지 말라고……

4장

思_생각하는 삶에 대하여

결혼 이후 부엌에는 가보지 않았다.
자취 생활을 10년 가까이 해 곧잘 하는 데도
여자 일로 돌렸다. 유일하게 아내를 도와주는 것은
장보기다. 아내가 운전을 하지 못하는 탓에
따라갈 수밖에 없는 처지다. 그것마저 생색을 내고
있으니 외조를 말할 자격이 있겠는가.

01 마당발 단상

　　대인 관계가 점점 중요해지고 있다. 특히 면접에서도 이 점을 눈여겨본단다. 안내서가 있긴 하지만 빛좋은 개살구다. 이론과 실제는 너무 다르다. 스스로 터득해야 내 방식이 된다. 여기에 정답은 없다. 가장 좋은 방법은 따라하기다. 그러려면 눈썰미가 있어야 한다. 그냥 스쳐 지나버리면 배우기 어렵다. 노력을 해야 한다는 뜻이다.

　　사람을 두루 많이 아는 이들을 가리켜 마당발이라고 한다. 프로필에도 마당발이라는 표현을 가끔 볼 수 있다. 이를 자랑으로 여기는 사람도 있다. 크게 잘못된 생각이다. 거기에는 함정이 있다. 많은 이들을 만나다 보면 별별 사람이 있을 수 있다. 겉다르고, 속다른 사람이 분명 있기 때문이다. 마당발은 곧잘 구설수에 오른다. 자기 관리를 소홀히 한 탓도 있다.

　　우리 사회에서 마당발은 좋지 않은 의미로 더 받아들여진다. 왠지 어감이 안 좋다. 사기꾼이나 브로커 냄새가 난다. 내가 가장 싫어하는 말도 '마당발' 이다. 연륜이 쌓일수록 대인 관계는 넓어진다. 앞으론 마당발 대신 "대인 관계가 무난하다"라는 표현을 쓰자.

02 공짜가 좋아

한국 사람은 공짜를 특히 좋아한다. 하기야 그냥 준다는 데 싫어할 이가 있겠는가. 부자도, 거지도 마찬가지다. 1990년대 초의 일이다. 잠깐 경제부처에 출입할 때 재벌 오너들과 산업계 시찰을 했다. 네댓 곳 현장을 둘러봤는데 기념품을 주었다. 물론 값비싼 물건은 아니었지만 젊은 기자들은 일부러 받지 않기도 했다. 그러나 재벌들은 예외 없이 줄을 서 모두 받았다. 그러면서 하는 말. "공짠데 왜 안 받어." 그래서 부자가 됐는지도 모른다.

공짜로 받을 경우 하찮게 다룬다는 데 문제가 있다. 대부분 사람들의 속성이다. 그래서 함부로 처박아두기도 한다. 남에게 주면 긴요하게 쓸 수도 있을 텐데 아까워서 못 준단다. 인간의 물욕 때문이다.

책은 더한 편이다. 자기 돈 주고 사는 것을 무척 아까워한다. 그냥 달라고 하는 사람들이 많다. 읽지도 않으면서 말이다. 한 가지 원칙을 세웠다. "책은 읽고자 하는 사람에게만 주자." 독후감을 보내주는 이가 가장 고맙다. 문학평론가 이상으로 내가 쓴 책에 대해 지적해주는 사람도 있다. 졸저를 한 권 낸 뒤 많은 경험을 했다. 나부터도 실천하려고 노력한다.

03 상품권

선물은 기쁨을 준다. 주는 이도, 받는 이도 기쁘고 즐겁다. 꼭 필요한 것을 받았을 땐 감동이 더 크다. 선물이 크다고 좋을까. 그렇지만은 않다. 작더라도 정성이 배어 있으면 된다. 한국사람은 큰 것을 좋아하는 게 사실이다. 조그마한 선물은 거들떠보지 않는 사람들도 있다. 물론 잘못된 버릇이다. 따라서 선물의 크기와 상관없이 감사하는 마음으로 받는 자세가 필요하다.

가장 좋은 선물은 뭘까. 현찰이다. 남녀노소를 불문하고 그것을 제일로 친다. 자본주의 사회에서 지극히 자연스러운 현상이다. 상대방에게 물어도 본다. "무엇으로 선물하면 좋을까요. 말씀해 주세요." 대부분 "됐다. 괜찮다"고 대답한다. 그러면서도 "현찰이 더 좋은데……"라며 말끝을 흐린다. 이를 무조건 나쁘다고만 할 수는 없다.

그 다음 선호하는 것이 상품권이다. 졸업, 입학 시즌에는 구두 상품권이 꽤 유행했었다. 그런데 지금은 시들하단다. 그보다는 백화점 상품권이 인기다. 무려 5,000만 원짜리 상품권도 나왔다는 보도다. 수요를 예상하고 만들었을 터. 그러나 경제가 어려우니 허리띠를 졸라매자는 판국에 왠지 씁쓸하다.

인간의 욕심은 끝이 없다. 거듭 채워도 부족하다고 느껴지는 것이 욕심이다. 먼저 돈을 생각해보자. 월급쟁이들이 흔히 말한다. 10억만 있으면 소원이 없겠다고 말이다. 그런데 그 돈이 채워지면, 거기서 멈출까. 그렇지 않을 게다. 또 다른 욕심이 생길 터. 20억, 100억 원을 벌고 싶은 게 솔직한 심정일 것이다. 그런데도 아닌 척하며 살아간다.

욕심은 있어야 한다. 그것을 완전히 버리라고 말하는 이도 있다. 실현 불가능한 얘기다. 다만 과도하면 화근이 된다. 한때 떵떵거리던 사람들이 쥐 죽은 듯 지내는 것을 본다. 욕심 때문에 그런 처지로 전락했다. 허황된 꿈을 좇다 쪽박을 차게된 것이다. 모두가 자기 탓이다. 누구를 원망할 수도 없다.

대부분 자기 자신은 욕심이 없다고 말한다. 내가 하면 로맨스요, 남이 하면 불륜이라는 정의와 다를 바 없다. 나 역시 "욕심이 없다"는 말을 자주 한다. 정말 그럴까. 아내가 즉각 반박한다. "자기도 욕심이 있어. 안 그런 척할 뿐이지." 부인하지 않는다. 나도 똑같은 인간이기에……

05 실세

세상을 쥐락펴락하는 이들이 있다. 이름하여 '실세'라 부른다. 무소불위의 막강한 영향력을 행사하기도 한다. 주로 2인자 그룹을 칭한다. 대통령의 신임이 가장 두터운 사람을 일컫기도 한다. 그들 주변에는 사람이 모여들기 마련이다. 얼굴 도장을 찍어 한몫 잡아보자는 계산에서다.

어느 조직이나 2인자는 있다. 항상 주목의 대상이 된다. 그들이 가장 경계해야 할 게 있다. 자만심이다. 자기가 잘나서 그런 위치에 오른 줄 안다. 이는 큰 착각이다. 영원하지 않기에 그렇다. 권불십년이라고 했다. 길어봐야 몇 년이다. 자기를 낮출 줄 알아야 한다. 2인자로서 갖춰야 할 최대 덕목은 다름 아닌 겸손이다.

이른바 실세들을 많이 봐왔다. 대부분 끝이 아름답지 못하다. 정치권에 있는 분들은 옥고를 치르기도 한다. 너무 혹독한 대가다. 정권이 바뀌면 또 다른 2인자가 등장한다. 그들 역시 전임자의 운명을 지켜보았을 터. 그런데 별반 개선 의지를 읽을 수 없다. 실세들이여! 국민을 두려워하라. 국민은 당신들의 전횡을 용서하지 않는다.

1등 신랑감. 판·검사, 의사와 함께 빠지지 않는 직종이 변호사였다. 사회적 명망은 물론 수입도 좋았기 때문이다. 화이트칼러의 대표 주자로 손색이 없었다. 중매쟁이도 군침을 삼켰다. 그런 변호사의 몸값이 몇 년 새 폭락하고 있는 듯하다. 옛날의 영화는 찾아볼 수 없다. 사법연수원을 수료해도 진로에 대한 고민이 이만저만 아니란다. 로펌 등에서 모셔가는 시대가 지났다는 얘기다.

변호사 업계도 불황의 직격탄을 맞은 것 같다. 한 달 회비 5만 원을 내지 못하는 변호사가 수두룩하단다. 일반인은 언뜻 상상이 가지 않는 대목이다. 매끈한 양복에, 대형 세단이 그들의 상징이었다. 이들이 회비 걱정을 한다면 누가 믿겠는가. 그러나 현실이 됐다. 회비 미납자에게는 징계까지 검토하고 있다니 격세지감이 든다.

일전 대형 로펌 대표가 설명했다. 우리나라 변호사 수는 1만 명. 총 매출액은 1조 8,000억 가량 된다고 했다. 1인당 1억 8,000만 원 꼴이다. 여기서 제반 비용 절반을 빼면 9,000만 원이 평균 소득이라고 계산했다. 일반 회사원에 비해 나을 것이 별로 없다. 그들도 보통 사람의 대열에 합류했다는 점을 깨달아야 한다.

07 잘난 놈들

세상엔 잘나가는 사람들이 많다. 남보다 훨씬 앞서 나가는 이들이다. 어느 직종이든 보통 룰(규칙)이 있다. 입사 연차에 따라 직급이 달라진다. 사원, 대리, 과장, 차장, 부장, 임원으로 올라간다. 여기에는 최소 승진 연한이 있다. 요즘 임원이 되려면 20년 가량 소요된다고 한다. 한 번도 진급에서 누락하지 않았을 경우다. 대부분 임원의 문턱에서 좌절하고 만다. 그래서 임원을 '별'이라고 부르는지도 모르겠다.

고교 동기들과 저녁을 했다. 연락을 받고 보니 제법 잘나가는 친구들이었다. 행정고시와 사법시험을 거쳐 고위직에 오른 친구, 현 정권에서 중용된 당료, 자영업을 하는 동기가 모였다. 유유상종이라고 했던가. 아무도 의식하지 않는 눈치였다. 비슷한 반열에 있으니까 자연스러울 수 있다.

내가 먼저 말을 꺼냈다. "나 빼고는 모두 잘난 놈들만 모인 것 같다. 다음부터는 문을 열어 났으면 좋겠다"고 쓴소리를 했다. 순간 분위기가 냉랭했다. 서로 얼굴을 쳐다봤다. 그래서 한마디 더했다. "쉰을 넘기면 다 똑같아." 모두 고개를 끄덕였다.

08 어느 독자의 항의(?)

"선생께서는 지금 억울하게 자살한 한 여성에 대한 부조리한 처사나 희대의 사기꾼 조용기나 비자금 처먹고 오리발 내미는 전두환 같은 짐승에 대해 침묵만 한다면 마음이 편해지시는지요. 그런 것에 대한 선생의 고견을 바랍니다." 한 분의 독자에게서 받은 댓글이다. 시의성 있는 화제에 대해 침묵한다는 따끔한 지적이다. 점잖게 항의(?)한 셈이다. 직업이 기자인 나에게 당연히 물을 수 있는 사건들이다.

물론 답변을 해드렸다. "댓글 감사합니다. 그동안 보셨듯이 제 주변의 삶과 희망을 얘기하고 있습니다. 저라고 생각이 없겠습니까. 이해해주시면 고맙겠습니다." 독자의 성에 찰 리 없을 것이다. 변명으로 들릴 수도 있을 터. 처음부터 사회적 이슈에 대해서는 다루지 않았다. 신문과 방송 등 많은 언론 매체에서 연일 보도하고 있기 때문이다. 대신 소소한 소재를 선택했다. 그 다음부턴 독자의 평가를 기다릴 뿐이다.

한 경제방송의 대담 프로그램에 나가서도 똑같은 질문을 받았다. "왜 출입처 얘기를 하지 않습니까." 사회부와 정치부에서 잔뼈가 굵은 나를 의식하는 듯했다. "딱딱하고 재미가 없어서 그렇습니다." 이 또한 나의 판단이다. 그러나 지금까지의 기조를 바꿀 생각은 없다.

09 경찰서장님

경찰의 꽃은 뭘까. 치안총감, 치안정감, 치안감, 경무관도 아니다. 총경을 말한다. 경찰서장을 맡는 직급이어서 경쟁도 아주 치열하다. 일선 서장의 힘은 막강하다. 직접 민원인과 부딪치고, 사건을 해결하는 일선 사령관이다. 시민들도 경찰청장보다 서장을 더 무서워한다. 일제 시대의 잔재가 남아 있어 무시할 수 없는 상황인 듯싶다.

경찰 간부들에게 물어본다. "어느 자리가 가장 보람 있다고 생각합니까." 대부분 초임 서장으로 근무했던 곳을 꼽는다. 괜스레 경무관이나 치안감으로 승진했다고 볼멘소리를 하는 부류도 있다. '경포총' 이라는 그들만의 용어가 있다. 경무관 승진을 포기한 총경을 그렇게 부른다. 대신 몇 군데 서장을 할 수 있어 부러움도 산다.

지인이 총경으로 승진했다. 어려운 고비를 뚫고 서장이 됐기에 축하를 보낸다. 그는 정말 열심히 근무했다. 옆에서 보기에도 일밖에 몰랐다. 뒤늦게나마 보상받아 시름을 덜었다. "일선에 내려가더라도 똑같이 열심히 할 겁니다." 멋진 서장님의 탄생이 기대된다.

아(我)와 기(己). 둘 다 나를 말한다. 그것은 매우 심오한 것이다. 그런데도 대수롭지 않게 여긴다. 숨을 쉬고, 살아 있기에 그렇다. 생명의 존엄성을 잘 모르고 살아간다. 나는 그 주체다. 그런 만큼 귀히 여겨야 한다. 나 자신이 소중한 줄 알아야, 남에게도 정성을 다할 수 있다.

나는 누구인가. 쉰까지는 쉼없이 달려왔다. 나 자신을 돌아볼 겨를이 없었다. 하루하루가 삶의 전쟁이었다. 다른 사람에게도 물어본다. 똑같은 일상의 반복이라고 답한다. 그들 역시 나와 다를 바 없었다. 앞으로 어떻게 살아야 할까. 자아를 실현하기 위해 지금까지 살아온 방식을 바꿔야 하나. 당장 해결책은 없어 보인다.

거울 앞에서 나를 본다. 희끗희끗한 머리, 나이를 속일 순 없다. 중년을 넘어가고 있는 중이다. 끝을 아름답게 장식해야 한다. 여러 가지 궁리를 해본다. 지금보다 더 순수하게 살아보자고 다짐한다. 남에게서 바보 소리를 들을지언정 바보처럼 살련다. 나에게 있어 순수는 바보다.

11 글쟁이

어쩌다가 글을 쓰는 인생이 됐다. 신문 기사도 글이기에 그렇다. 전문적으로 글을 쓰는 분들과 직역은 다르다. 기자는 사실 보도에 치중한다. 사실(fact)보다 더 중요한 것은 없다. 그것을 쫓기 위해 밤샘도 마다하지 않는다. 결과는 '특종 보도'로 이어진다. 그러나 웬만해서는 하나를 건지기 어렵다. 물론 운도 따라줘야 가능하다.

신문에 칼럼난이 있다. 각계 각층의 인사들이 참여한다. 교수 등 전문가 집단이 가장 많다. 자기 분야의 글을 맛깔나게 표현함으로써 인정받는다. 혹자는 '시대의 논객'으로 불리기도 한다. 글에 깊이가 있다는 것이다. 보수, 중도, 진보 진영으로 갈려 논쟁도 불사한다. 민주주의 사회에서 이는 바람직한 현상으로 본다. 일방통행보다는 다양성이 낫다는 판단에서다.

어떤 것이 잘 쓴 글일까. 아주 주관적인 문제다. 남의 글을 평가한다는 것 자체가 부담스럽다. 내 관점은 이렇다. 많은 사람들이 읽는 글 쪽에 곁점을 찍고 싶다. 아무리 잘 쓴 글도 독자가 외면하면 그만이다. 글쟁이의 영원한 숙제다.

12 어지럼증

사람 몸은 기계와 다르다. 어디 한 곳만 고장나도 견뎌내기 힘들다. 인간은 오감을 가진 동물이어서 더욱 그렇다. 한 번도 아프지 않아본 사람은 없을 것이다. 참으면서 병원과 약국 신세를 지지 않으려는 사람은 있다. 그들도 결국 중병에 걸리면 큰 병원을 찾게 된다. 삼라만상의 이치와 똑같다.

병은 가지를 셀 수 없을 정도로 많다. 별별 희귀병이 다 있다. 의술의 발달과 함께 조기 발견 시 대부분 완치된다. 얼마나 고마운 일인가. 그런데 원인을 알 수 없는 병도 적지 않다. 대표적인 것이 두통과 어지럼증이다. 둘은 같이 오기도 한다. 어느 것이 더 강도가 세다고 할 수 없을 정도로 고통스럽다. 나도 7년째 두통과 씨름하고 있다. 이제는 내가 이긴 느낌이 든다. 머리가 조금 아파도 두렵지 않다. 죽을 병은 아니라고 확신하기에 자신감을 잃지 않는다.

아내가 어지럼증으로 며칠째 병원 신세를 지고 있다. 달팽이관에 문제가 생겼단다. 별다른 검사나 치료법도 없다고 하니 답답하다. 내가 해줄 수 있는 일이 없다. 겨우 출근 전 병원에 데려다 주는 것이 전부다. 대신 아파줄 수 있으면 좋으련만······.

13 참군인

어릴 적 꿈을 물어본다. 군인도 선망의 대상이다. 멋진 제복
에 절도 있는 모습. 남자라면 누구나 품어봤음직하다. 군인의 인
기가 치솟고 있다. 직업으로서 군이 각광받고 있는 것이다. 안정
적인 측면이 관심을 끄는 것이다. 장교는 물론 부사관도 경쟁률
이 치열하단다. 고무적인 현상으로 본다.

군인 정신의 첫 번째는 나라 사랑이다. 조국을 위해서라면 목
숨까지 바친다. 우리는 그들을 영웅이라고 부른다. 평택 해군2함
대 사령부를 둘러본 적이 있다. 그곳에는 서해교전에서 혁혁한
공을 세우고 전사한 아들들의 기념탑이 있다. 그 앞에 서니 가슴
속에서 무언가 끓어오른다.

몇 해 전 알게 된 군인 친구가 있다. 충성심이 대단하다. 그 친
구와 얘기를 나누다 보면 나도 숙연해진다. 화두는 국가다. 나라
가 편안해야 된다는 것이 그의 지론이다. 그래서 기자인 나에게
도 가끔 부탁한다. "나라가 바른 방향으로 갈 수 있도록 멋진 칼
럼을 쓰게." 항상 한계를 절감하는 게 기자라는 직업이다. 그러
나 참군인을 친구로 둬 행복하다.

14 돌팔이 의원

　　정처없이 떠돌아다니는 사람을 돌팔이라고 한다. 점쟁이나 장사꾼이 많다. 일정한 거처가 없는 만큼 발길 닿는 대로 떠돈다. 옛날 시골에는 그들이 자주 나타났다. 언변이 좋아 마을 사람들을 끌어모으는 데는 고수였다. 바람잡이도 있었다. 아이, 어른 없이 몰려 다니며 구경한 기억이 있다.

　　현대 의학이 발달한 요즘에도 돌팔이는 있다. 그들을 돌팔이 의원이라고 부른다. 믿거나 말거나이다. 그런데 신기한 것이 있다. 그들에게서 치료를 받고 나은 사람들이 있다. 말하자면 제주에서 지하철 타봤다는 것과 다름없다. 아픈 사람들은 귀가 솔깃해진다. 병을 고친다는 데 밑져야 본전이라는 생각을 하게 된다. 돌팔이가 없어지지 않는 이유인지도 모르겠다.

　　나 역시 비슷한 경험을 했다. 지인이 유명한 분이 있다면서 자신의 사무실로 안내했다. 허름한 차림의 중년을 만났다. 두통을 호소했다. 그랬더니 세 번만 치료하면 나을 것이라고 했다. 발가락에 침 치료를 했다. 시원한 느낌을 받았다. 께름칙해 어디서 배웠는지 물었다. 5대째 침술을 이어받았단다. 돌팔이라도 좋다. 고통에서 하루빨리 벗어나고 싶다.

15 자중자애

　스스로 조심하고 사랑하는 것을 자중자애(自重自愛)라고 한다. 나부터 솔선수범해야 남에게도 그렇게 하라고 할 수 있다. 그런데 아주 어려운 일이다. 보통 철학을 갖지 않고서는 이행할 수 없다. 열린 마음이 있어야 가능하다. 속좁은 사람은 흉내만 낼 뿐이다. 그래서 내공도 필요하다.

　개헌 문제 등을 둘러싸고 점입가경이다. 여당은 집안 싸움, 야당은 흠집 내기에 한창이다. 당리당략에 몰두하고 있는 것이다. 그들의 안중에 국민은 없다. 오로지 힘겨루기만 있다. 그러면서 상대방을 공격한다. 자중자애할 것도 요구한다. 나는 그렇지 못하면서, 남에게만 강요하고 있는 형국이다. 유권자의 눈으로 볼 때는 다를 게 하나도 없다.

　아침에 신문을 펼쳐드는 것이 짜증난다. 신선한 뉴스는 없고, 정쟁만 가득하다. 솔직히 독자들은 별로 관심이 없다. 그들만의 리그로 보고 있다. "내 탓이오" 하는 정치인은 보지 못했다. 모두가 '남의 탓' 으로 돌린다. 이래서는 강대국으로 갈 수 없다. 우리에게 정치 선진화는 요원한 것일까.

잘 되면 내 탓, 안 되면 조상탓을 한단다. 책임을 돌리려는 처사로 보인다. 꼬투리라도 잡아 면피하겠다는 심산이다. 이름까지 들먹이는 사람들이 있다. 작명을 잘못해 승진에서 번번이 탈락하고, 되는 일이 없다고 하소연한다. 때문인지 이름을 바꾸는 사람들이 몇 년 새 부쩍 늘었다. 가까운 친척 중에도 몇 명 있다. 법원에서 이름을 바꾸는 절차가 간편해진 것도 한몫했다.

사람 이름뿐이 아니다. 정부 부처도 수시로 바뀌어 혼돈스럽다. 새 정부가 들어설 때마다 반복돼 왔다. 조직과 일은 별반 다를 게 없는데 이름만 바뀐다. 전 정권과의 차별화에 첫 번째 목표가 있는 듯하다. 또 정권 인수 위원들이 일하는 모습을 보여주기 위한 시도로도 해석된다. 그러나 국민들에게는 낯설다. 부르기 좋고, 익숙한 이름이 있는데 왜 바꾸는지 모르겠다고 꼬집는다.

모임에서 한 장관이 자랑을 했다. "정권 수립 후 부처 이름이 안 바뀐 곳이 두 곳이 있습니다. 법무부와 국방부가 그렇습니다." 법무부 수장인 그의 해석은 이랬다. 두 부처의 보수성을 들었다. 개명은 보다 신중해야 한다는 생각이다.

17 서민의 존재

위정자들이 제일 많이 사용하는 말이 서민이다. 표를 의식해서다. 서민을 위한 정치, 서민을 위한 정책은 신물이 날 만큼 들었다. 진정성이 담겨 있는지는 잘 모르겠다. 문제는 근원적인 데 있다. 그들이 서민의 진짜 삶을 모르고 있다는 것이다. 그러니 온전한 대책이 나올 리 없다. 이론상 가능한 정책만 선보이는 이유다.

일반적으로, 서민은 보통 사람을 의미하는 데도 단어 자체를 싫어한다. 뉘앙스에서 친근감보다는 소외감이 느껴지는 듯하다. 남들보다 자기가 조금 낫지 않겠느냐는 심리가 작용했을 수도 있다. 대신 서민보다 한 단계 위쯤 보이는 중산층이라는 단어를 선호한다. 스스로 그렇게 느끼는 사람이 많단다. '아' 다르고 '어' 달라서 그럴까.

우리 대부분은 서민의 자식으로 태어났다. 부끄러워할 일이 아니다. 조금 상황이 나아졌다고 뿌리를 잊으면 안 된다. 서민은 민주주의의 주체 세력이다. 전혀 기죽을 필요가 없다. 당당하게 권리를 행사해야 한다. 서민의 위대한 힘은 투표권에서 나온다. 정권 교체도 그들에 의해서만 가능하다. 서민은 1회용 소모품이 아니다. 가장 대접받고, 지위를 인정받아야 할 존재다.

18 자살 충동

죽음 중 가장 허망한 게 자살이다. 스스로 목숨을 끊는 일. 생각만 해도 끔찍하다. 우리나라의 자살률이 꽤 높다. 세계에서 선두를 다툰다. 부끄러운 일이 아닐 수 없다. 사망 원인 가운데도 다섯 번째 안에 든다. 줄어들지 않는 데 더 큰 문제가 있다. 이를 방지하기 위한 뾰족한 대책도 없다니 걱정스럽다.

자살에 원인이 없을 리 없다. 도저히 감당하기 어렵기에 극단적인 행동을 했을 터이다. 지병을 비관해 목숨을 끊는 사람들이 제일 많은 듯하다. 그 다음은 생활고쯤 되지 않을까. 일가족 동반 자살 등의 경우다. 스트레스로부터 벗어나기 위해 자살을 택하는 사람도 있다. 뭐라고 해야 할까. 아주 못난 사람이라고 탓하고 싶다.

생명은 아주 소중하다. 무엇보다 값지게 여겨야 한다. 자살 충동을 느껴보지 않은 사람은 없을 것이다. 그것을 이겨내고, 꿋꿋하게 살아가는 것이 인간의 도리다. 잠시라도 나쁜 생각은 하지 말아야 한다. 순간적으로 판단이 흐려져 자살에 이른다. "나도 모르게 아파트 꼭대기층 난간에 서 있더군요." 자살 직전까지 갔던 사람의 경험담이다. 긍정적인 마인드를 갖자.

19 아전인수

남을 위해 사는 사람들이 있다. 자기의 모든 것을 희생하고 봉사 활동에 전념하곤 한다. 성자(聖者)가 따로 없다. 그들이야말로 살아있는 천사다. 이들은 이익을 챙기지 않는다. 욕심을 내지 않는다는 얘기다. 재산이 많은 것도 아니다. 힘닿는 대로 돕는 것이다. 남에게 알려지는 것도 원치 않는다. 좋아서 하는 일이기에 더욱 값지다.

사람들은 말한다. "나를 위해서 그러는 게 아니야. 다 좋자고 하는 일이야. 그러니까 오해는 하지 말어." 남에게 미안해서 그렇게 둘러댄다. 그러나 이는 진심이 아니다. 자기를 위하면서도 아닌 척 포장하는 것이다. 자기에게 이롭게만 하는 것을 아전인수(我田引水)라 한다. 누구든지 자기 논에 물을 끌어 대고 싶어 한다. 그것이 인간 내면에 잠재된 본성이다.

본성을 누그러뜨리는 일. 여간 어려운 것이 아니다. 이성만 가지고 제압할 수도 없다. 어떻게 하면 가능할까. 인격 수양을 해야 한다고 본다. 부단히 덕도 쌓아야 한다. 마음이 따뜻하고, 가슴이 꽉 차야 그 경지에 도달할 수 있다. 아전인수식 해석을 밥먹듯 하는 정치권도 귀담아듣기 바란다.

20 기업가 정신

요즘 신문을 펼쳐보면 좋은 소식이 눈에 띈다. 우리 기업들의 약진이다. 자원이 거의 없는 환경에서도 수출을 통해 막대한 외화를 벌어들이고 있다. 휴대전화, 반도체, TV, 자동차 등이 대표 업종이다. 이익도 수조 원에 달하고 있다. 세계 최우량 기업으로 발돋움하고 있는 것이다. 그들에게 뜨거운 박수를 보낸다.

그러나 이면에는 개선해야 할 점도 적지 않다. 슈퍼 기업의 횡포다. 중소기업과의 '윈윈'은 대부분 구호에 그친다. 자기들의 배만 채우고 협력 업체나 하청 업체는 뒷전이다. 단가 인하가 중소기업들을 제일 괴롭힌단다. "매년 단가가 내려가니 어떻게 버티겠습니까. 불평하면 그날로 거래선을 바꿔버립니다. 정말로 죽을 지경입니다." 한결같은 하소연이다.

대기업이 막대한 이익을 낸다면 하청 업체에도 파이가 돌아가야 한다. 하지만 현실은 그렇지 못하다. 대기업들이 성과상여금 잔치를 할 때 중소기업들은 남몰래 눈물을 흘린다. 배신감도 든다고 한다. 한 대기업 회장은 CEO(최고경영자)의 덕목을 제시했다. 신의, 배려다. 가치 창조만 강조해서야 되겠는가.

21 기차 여행

기차는 가장 안락한 교통수단이다. 안전도 면에서도 최고다. 항공기는 빠른 대신 자리가 불편하다. 버스로 장거리 여행을 하다 보면 피로감이 누적된다. 그래서 기차를 선호한다. 창가로 펼쳐지는 풍경은 더없이 아름답다. 풍광이 빼어난 우리나라는 어디를 가든 한 폭의 수채화를 감상하는 것 같다. 복 받은 나라임에 틀림없다.

서울 교외선과 경춘선은 청춘 열차였다. 주말이면 데이트를 즐기는 젊은이로 넘쳐났다. 특히 춘천으로 가는 경춘선이 인기였다. 북한강을 끼고 굽이굽이 달렸다. 봄, 여름, 가을, 겨울 풍경이 각각 달랐다. 기차 안에서 까먹는 계란 맛은 일품이었다. 고구마와 옥수수도 팔았다. 군침이 돈다.

이제는 KTX가 여행 문화를 확 바꿨다. 대전까지 50분 걸린다. 서울역에서 올라탄 듯 싶으면 대전역이라는 안내 방송이 나온다. 순간 시속이 300km를 넘나든다. 차분하게 앉아서 커피 한 잔 마실 시간도 부족하다. 세상이 참 좋아졌다. 반나절 생활권이 된 것이다. 그러나 옛 시절의 낭만은 사라졌다. "잘 있거라, 나는 간다. 대전발 0시 50분." 만인의 애창곡 '대전블루스' 속에 나오는 그곳은 없었다.

22 할머니 김치

한국인의 식탁에 꼭 빠지지 않는 것이 있다. 김치다. 갖은 양념을 다해 버무린 김치는 정말 맛깔나다. 지역마다 특색이 있다. 호남 지방에선 젓갈을 많이 사용한다. 경상도 지방에서도 젓갈을 쓰지만 제 맛이 덜난다. 서울 김치는 퓨전 형식이다. 맛있다는 것을 모두 넣어보지만 특색은 없다.

그나마 김장을 하지 않는 가정이 많다. 아예 김치를 담글 줄 모르는 주부가 적지 않다. 맞벌이 등으로 시간이 없다 보니 자연 사먹게 된다. 슈퍼나 마트에 가면 갖가지 종류의 김치가 있다. 대형 음식점도 김치를 담그지 않는다. 김치를 사다가 손님 앞에 내놓는다. 중국산이 많아 은근히 신경 쓰인다.

지금까지 맛본 최고의 김치는 할머니가 담근 것이다. 할머니는 소금과 약간의 고춧가루만으로 김치를 담궜다. 모양은 볼품이 없다. 노란 배춧속보다는 푸른 배추 잎사귀로 만들었다. 보통 김치에 비해 국물이 넉넉했다. 추운 겨울날 국물과 함께 먹는 김치는 무엇과도 비교할 수 없었다. 할머니가 이 세상에 안 계셔 그런 김치는 영원히 맛볼 수 없을 것 같다.

23 노숙자

길거리에서 먹고 자는 사람들이 적지 않다. 서울역이나 을지로입구역 지하도 등에 가면 흔히 볼 수 있다. 전국적으로 수천 명이 된다고 한다. 정확한 숫자조차 파악하기 어려운 게 그들이다. 대부분 주민등록증도 없단다. 끼리끼리 모여 낮부터 소주잔을 기울인다. 위생도 그렇고, 건강은 어떻겠는가.

30~40대의 젊은 노숙인을 본다. 일거리를 찾으면 얼마든지 있을 텐데 거리에서 헤맨다. 아내와 자식을 버리고 나온 가장도 있다. 게으른 사람들이다. 집을 나올 용기가 있다면 무슨 일인들 못하겠는가. 자본주의 사회에서 자기만 부지런하면 밥을 굶지 않는다. 그들에게는 동정을 할 필요가 없다. 스스로 일어나도록 해야 한다.

정말 오갈 데 없는 사람들이 있긴 하다. 구걸을 하는 이들의 얼굴을 보면 알 수 있다. 자식들에게 버림받은 노인이 많은 듯하다. 서울시청 지하도의 한 노인을 본다. 아무런 말없이 계단에 앉아 있다. 바구니에 동전 몇 닢만 보인다. 어쩌다 1,000원짜리 지폐를 건네도 무반응이다. 사나흘 안 보일 때도 있다. 그러면 궁금해진다. 며칠 뒤 같은 장소에 나타난다. '살아 계셨구나' 하고 안도한다. 할아버지에게도 편안한 날이 있기를 기도한다.

24 정보의 홍수

자고 일어나면 세상이 바뀐다. 그 속도가 얼마나 빠른지 따라가기 힘들다. 정보통신 분야가 특히 그렇다. 전 세계가 각축전을 벌인다. 소비자는 즐겁다. 편리함은 물론 정보를 무한대로 얻을 수 있기 때문이다. 현대는 정보의 시대다. 정보가 많을수록 경쟁에서 앞서갈 수 있다. 국가, 기업, 개인 모두 마찬가지다.

요즘은 컴퓨터만 있으면 모든 것이 해결된다. 궁금한 것을 물어보면 컴퓨터가 대신 답해준다. 아이들도 어른들에게 묻지 않는다. 엄마, 아빠가 대답해주는 것보다 컴퓨터에 의존하는 것이 낫단다. 컴퓨터는 만물박사다. 수요자가 필요로하는 이상으로 공급해준다. 컴퓨터에 매달릴 수밖에 없는 이유다.

정보의 홍수. 장점이 많지만 단점도 무시할 수 없다. 아는 게 병이라고 하지 않던가. 특히 의학 상식을 검색하다 보면 자칫 실의에 빠질 수 있다. 어떤 병명을 치고 들여다보면 꼭 자기가 그런 병을 앓고 있는 착각에 빠진다. 지레 겁을 먹고 병원을 찾아가기노 한다. 의사보다 포탈을 더 믿는 세상이 되어가는 느낌이다. "네이버와 다음에서 봤는데요." 무엇이라고 답해야 할까.

25 강박관념

심리적으로 매우 불안한 때가 있다. 아무리 마음을 진정시키려고 해도 온갖 망상이 떠나지 않는다. 머리가 터지고, 가슴 속이 폭발할 것 같은 느낌도 든다. 이러다간 죽음에 이를지도 모른다는 공포감에 떤다. 무슨 병이 있어서 그런 것도 아니다. 이런 증세가 길어지면 우울증이나 공황장애로 진단한다.

특별히 치료약이 있는 것도 아니다. 기껏해야 진통제나 신경안정제를 처방한다. 의료진은 자가 치료책으로 운동을 권유한다. 스스로 이겨내야 한다는 뜻에서다. 마음이 편치 않은데 몸이 따라줄 리 없다. 그래서 집만 찾는다. 누워 있는 횟수도 잦아진다. 몸이 더 피폐해지는 것을 알면서 탈출구를 찾지 못한다.

어떻게 하면 강박관념에서 벗어날 수 있을까. 해법은 자기 자신에게서 나온다. 누구도 대신 풀어줄 수 없다. 우선 평정심을 유지하려 노력해야 한다. 그러기 위해서는 집중력을 키울 필요가 있다. 한쪽에 매달리다 보면 근심, 걱정을 잊을 수 있다. 마지막 방법은 죽음을 불사하는 것. 죽음을 생각했다면 두려울 것이 없어진다. 마음의 안정도 찾을 수 있다.

26 영혼이 없는 사람

자리를 탐내는 것은 모두가 똑같다. 아니라는 것은 자기가 그 곳에 가지 못했을 때 늘어놓는 변명이다. 일종의 자기 합리화라 할 수 있다. 사회생활을 하는 데 있어 자리는 얼굴격이다. 가고 싶은 자리, 선망의 대상이 있다. 치열한 경쟁이 따르기 마련이다. 성취감과 패배감을 동시에 안겨준다. 승패에 따른 결과다.

정권이 바뀔 때마다 명암이 교차한다. 음지가 양지가 되면서 양지만 쫓던 사람들은 백수로 전락한다. 이를 모면하기 위해 두 다리를 걸치는 사람들도 적지 않다. 이들을 기회주의자라고 한다. 옛날에는 충신불사이군(忠臣不事二君)이라 했다. 충신은 두 임금을 섬기지 않는다는 뜻이다. 근자에 와서는 무뎌지는 느낌이다. 과연 옳은 일인지는 생각해볼 일이다.

유명 교수가 흥분했다. 전 정권에서 일인지하 만인지상까지 지낸 분이 다음 정권의 녹을 먹고 있다고 비난했다. 누구라고 하면 알 만한 분이다. "그분을 어떻게 평가하고 있는지 아십니까. 영혼이 없는 사람이라고 합니다." 사람을 다시 보게 됐다는 게 그 교수의 시각이다. 어떻게 받아들여야 할까. 선택은 개인의 자유다.

27 유아독존

세상엔 잘난 사람들이 많다. 기발한 아이디어로 혁명을 일으킨다. 빌 게이츠, 스티브 잡스 같은 사람이 그들이다. 미국, 나아가 세계를 지배한다고 할 수 있다. 이들은 젊어서부터 천재성을 발휘했다. 끊임없는 도전 정신이 오늘을 일구었다. 부의 사회환원사업에도 앞장서 존경을 받는다.

한국 사회에서 서울대를 본다. 가장 뛰어난 재원들이 모인 곳이다. 부러움의 대상이 된다. 고교 등급도 몇 명을 서울대에 넣었느냐에 따라 달라진다. 그만큼 위상도 높다. 하지만 비판의 목소리 역시 만만찮다. 그 대학에 몸담고 있는 교수들조차도 이에 가세한다. 인간성이 없고, 자기밖에 모른다는 것이 한결같은 지적이다.

"서울대 출신 열 명과 K대 출신 한 명을 바꾸자고 했는데 보기좋게 거부당했답니다." 한 교수가 우스갯소리로 전했다. 그의 진단은 이랬다. 서울대생들은 아주 어렸을 때부터 특별한 대접을 받아 남에 대한 배려가 거의 없다고 꼬집었다. KAIST 역시 서울대 못지않다고 비판의 칼날을 세웠다. 그러면서 지방대 출신들이 훨씬 인간적이라고 칭찬했다. 유아독존을 생각게 한다.

28 주치의

아프면 병원을 찾게 된다. 그럴 때 의사들이 그렇게 고마울 수가 없다. 잔병은 크게 문제되지 않는다. 그러나 중병이나, 만성 질병은 촌각을 다투기도 한다. 제때 적절한 치료를 받아야 한다는 얘기다. 보통 사람들은 여건상 양질의 의료서비스를 받기 어렵다. 반면 부유층은 대부분 주치의가 있어 불안감을 덜 수 있다.

건강할 땐 주치의의 도움을 필요로 하지 않는다. 하지만 고장이 나면 가장 먼저 주치의와 상의한다. 시간, 장소를 가리지 않고 주치의의 돌봄을 받을 수 있어 좋다. 무엇보다 주치의는 환자의 전부를 알고 있기 때문에 맞춤형 서비스를 제공한다. 이곳 저곳 병원을 순례하지 않아도 된다.

두 분의 주치의가 있다. 친분이 있어 챙겨주신다. 한 분은 청와대 근무까지 했던 내과 전문의, 또 한 분은 지방의 병원장으로 계신다. 조금만 불편하면 두 분에게 연락을 한다. 언제든 반갑게 받아준다. 아프다가도 통화를 하고 나면 개운해진다. "동생, 걱정할 것 없어. 스트레스 때문이야. 병원 갈 일 있으면 모았다가 나 술이나 한잔 사줘." 지방에 계신 병원장님이 곧잘 나무란다. 처방 대신 격려가 큰 힘이 될 때도 있다.

29 건강염려증

　　인간의 몸은 기기묘묘하다. 조금만 아파도 신경이 쓰인다. 그냥 넘어가려고 해도 의지대로 되지 않는다. 신경이 온통 아픈 곳에 집중된다. 어떤 일을 하려고 해도 손에 잡히지 않는다. 고통에서 벗어나기 위해 병원과 약국을 찾는다. 습관적으로 문을 두드리기도 한다. 건강염려증이 심한 경우다.

　　"이러다가 갑자기 쓰러질지도 모른다. 이대로 쓰러지지 않고 잘 헤쳐 나갈 수 있을까. 갑자기 중병에라도 걸리면 가족이나 회사는 어떻게 되지." 이런 불길한 상황이 머릿속에서 지워지지 않는다. 당연히 불안감이 생길 터. 하지만 사람의 생각은 오묘하고 신비한 것이어서 자신이 원하는 방향대로 흘러가게 하는 힘이 있다. 그것을 간과하고 사는 것이 또 인생이다.

　　현대인에게 건강염려증은 다 있다고 해도 과언이 아니다. 정도의 차이만 있다고 보면 된다. 스트레스 때문이다. 어깨는 항상 뻐근하고, 허리도 아프고, 머리는 두통으로 무겁다. 위장은 늘 더부룩하다. 많은 사람들이 느끼는 공통 사항이다. 왜 나만 그럴까 하는 생각을 버려야 한다. 건강염려증이 더 큰 병이다.

성형이 대유행이다. 한국 사람들은 특히 손재주가 좋다. 그래서 성형 시술도 첨단을 달리고 있다. 국내는 물론 이웃 중국, 일본 등에도 널리 알려져 외국인 환자가 급증하고 있단다. 반가운 소식이 아닐 수 없다. 게다가 외화까지 벌 수 있으니 일거양득이다. 앞으로도 유망한 분야여서 정부 역시 지원책을 강구하고 있는 모양이다. 성형 특구가 생길지도 모르겠다.

예전에는 여자들만 성형을 하는 줄 알았다. 그런 편견은 구문이 됐다. 남자들도 얼굴 가꾸기에 한창이다. 입사를 앞둔 젊은이들은 면접에서 그점이라도 더 따기 위해 병원을 찾는다. 첫 인상이 중요한 만큼 만전을 기울이기 위해서다. 이를 탓할 수 있겠는가. 세태로 받아들여야 할 듯하다.

한 친구가 주름을 펴는 시술을 했다. 오래만에 지인을 만난 뒤 곧장 병원으로 달려갔단다. 늙어 보인다는 말에 큰 충격을 받았던 것이다. 젊어지고 싶어 하는 마음은 남녀가 똑같다. 다른 고위 공무원도 눈 밑 주름 제거 수술을 받았다. 결과에 매우 만족해했다. 성형을 고민하는 중년 남성들이 느는 것도 시대 탓이리라.

31 호화 결혼식

부모와 자식에게 가장 큰일은 뭘까. 결혼이 아닐까 싶다. 무엇보다 평생의 반려자를 만난다는 의미가 있다. 인생의 탄탄대로는 결혼에서 시작된다. 가정이 평온해야 다른 일도 잘할 수 있다. 가화만사성(家和萬事成)도 괜한 말이 아니다. 부모도 자식이 결혼을 해야 두 다리를 편다. 노총각, 노처녀가 많은 터여서 더욱 그렇다.

짝이 있어도 비용이 문제다. 빈부 격차에 따라 위화감이 조성되곤 한다. 여유가 있는 집안에서는 호텔이나 큰 컨벤션 센터를 이용한다. 하객 1인당 비용만 10만 원 안팎. 수천만 원에서 억 단위를 금세 상회한다. 유명 정치인 등의 결혼식에는 하객도 많아 비용을 추산하기 어렵다. 두 시간 남짓 행사에 과소비가 아닐 수 없다. 평생에 한 번이라는 것이 준비된 변이다.

호화 결혼식에 초대받을 경우 은근히 신경 쓰인다. 비용을 알기 때문에 축의금 봉투가 고민된다. 밥값은 가지고 가야 하지 않겠는가. 적어도 10만 원은 해야 한다는 얘기다. 월급쟁이에게는 적지 않은 돈이다. 한 곳이면 몰라도 한 달에 서너 건은 족히 되기에 부담스럽다. 결혼의 참 의미는 진수성찬에 있지 않을 것이다. 우리 사회 모두가 생각해볼 일이다.

32 식물인간

 죽으려고 해도 자기 의지대로 할 수 없다. 식물인간이 그렇다. 의식이 없는 상태로 병상 생활을 계속 한다. 머리를 다친 경우가 많다. 뇌의 활동은 정지돼 있지만 다른 장기는 제 기능을 한다. 대부분 소생하지 못하고 숨을 거둔다. 안타까운 일이 아닐 수 없다.

식물인간이 되면 가족들의 고생도 이만저만 아니다. 간병인을 둔다지만 심적 부담은 상상하기조차 어렵다. 한두 해는 몰라도 환자가 10년 이상 의식이 없는 상태로 있는다고 생각해보라. 얼마나 끔찍한 일인가. 인내심 또한 한계점에 다다를 듯싶다. 그렇다고 빨리 운명하기를 기도할 수도 없을 터이니…….

같은 아파트에 살고 있는 주민도 의식이 없는 상태로 투병 중이다. 그는 퇴근 도중 지하철역에서 쓰러져 병원으로 옮겼으나 의식을 회복하지 못한 채 누워 있다. 큰 아이가 초등학교 6학년 때였는데 그 아이가 이제 대학 2년을 마치고 입대했다. 만 10년 가까이 된 셈이나. 아이 엄마의 극진한 간호로 지금까지 버티어 오고 있다. 평소 성품이 넉넉한 분이었다. 우리 집안과도 이웃처럼 지냈다. 그에게 기적이 일어나길 간절히 빈다.

33 명함

감투를 좋아하는 사람들이 있다. 자리를 제안하면 무조건 승낙한다. 명함 앞뒤 면을 다 채우고도 모자랄 정도다. 관변 단체가 적지 않다. 기부금을 조금 내면 직함을 준다. 한 사람이 여러 단체의 직을 가지고 있다. 그런 부류의 사람들은 대부분 과시형이다. "내가 이런 사람이오"라며 내보이고 싶은 것이다.

명함은 그 사람의 얼굴이다. 처음 만나면 그것을 주고받는다. 동서양이 똑같다. 악수를 나눈 뒤 명함을 교환한다. 나중에 명함첩을 정리해둔다. 요란한 명함보다는 간결한 것이 좋다. 자기를 가장 잘 표현할 수 있으면 된다. 그래서 대부분 현재의 직함을 적는다. 따로 직위가 없을 경우 이름과 전화번호만 적으면 된다. 그것으로 충분한데 명함이 없다며 미안한 기색을 짓기도 한다.

나도 24년 만에 명함을 바꿨다. 기자가 아니라 작가로 적었다. 명함을 받고 의아해한다. "회사를 그만두셨나요?" 자주 듣는 질문이다. "아닙니다. 회사는 잘 다니고 있습니다. 앞으론 작가로도 활동하고 싶습니다." 나의 작은 소망을 설명한다. 명함을 건넬 때마다 의지를 다진다. 글쓰기를 멈추지 않겠다고……

끊이지 않는 게 표절이다. 모방은 창조의 어머니라고 했다. 하늘에서 떨어지지 않는 한 처음부터 있는 것은 없다. 변화와 발전의 과정을 거쳐 탄생한다. 무릇 만물이 그렇다. 기술 빼내기도 같은 범주다. 베끼는 것은 새로 만드는 것보다 훨씬 쉽다. 그래서 유혹의 함정에 빠져들었다가 낭패를 당하기도 한다.

표절은 논란으로 그칠 때가 많다. 처음에는 타협의 의지가 전혀 없는 것처럼 보이다가도 어느 순간 조용해진다. 그 경계가 모호한 탓도 있을 게다. 한쪽은 베꼈다고 주장하고, 다른 쪽은 그렇지 않다고 강조한다. 똑같이 베끼는 바보는 없을 터. 이현령비현령격 아니겠는가. 귀에 걸면 귀걸이, 코에 걸면 코걸이라는 얘기다.

남의 글을 인용하는 것도 일종의 표절이다. 그것을 멋으로 알기도 한다. 유식한 체 하는 것이다. 글쓰는 작업을 하면서 나름대로 원칙을 세웠다. 절대로 베끼지 않는다는 것. 컴퓨터 앞에 있을 때도 달랑 국어사선만 들춰본다. 짧은 에세이를 쓰는 만큼 이것저것 참조할 것도 없다. 그냥 살아가는 얘기를 풀어 쓴다. 미사여구도 쓸 줄 모른다. 그대로의 삶이 더 아름답기 때문이다.

이른바 명당이란 것이 있다. 풍수지리에 능한 사람들은 명당을 찾아 이 산 저 산 돌아다닌다. 직업적으로 하는 이들을 지관이라고 부른다. 배산임수 지형을 최고로 꼽는다. 특히 묏자리를 잡는데 지관의 역할이 크다. 유명 지관을 데리고 다니면서 자기가 묻힐 곳을 고르는 사람도 있다. 죽은 이후까지 명당을 찾는 것은 인간의 욕심 때문이리라.

인물이 많이 나는 고장이 있다. 사람들은 터가 좋아서 그렇다고 말한다. 실제로 조그만 면에서 장관 등 수명을 배출하는 곳도 있다. 이웃 동네의 부러움을 산다. 재산가를 여럿 배출하는 마을도 있다. 얘기를 다 듣고 보면 지세가 좋은 것처럼 여겨진다. 출향 인사 덕에 촌구석이 유명세를 떨치는 것이다.

2000년대 초반 청와대를 2년 4개월 가량 출입했다. 기자로선 최고의 영예다. 대통령을 지근거리에서 취재한다는 것은 크나큰 행운이다. 누구에게나 주어지는 기회가 아니기에 감사할 따름이다. 청와대 근무는 소수에게만 주어지는 혜택이다. 상주했던 인원은 생각보다 그리 많지 않다. 그래서 우스갯소리를 한다. "논두렁 정기라도 타고 나야 청와대 근무를 할 수 있다." 그런 청와대가 정쟁의 중심에 설 때는 안타깝기도 하다.

36 직업 알아맞히기

얼굴을 보면 그 사람의 성향을 대충 알 수 있다. 자연 그대로
의 몸은 거짓말을 하지 않기 때문이다. 종교인들은 편안해 보인
다. 스님이나 목사, 신부님 가운데 나쁜 인상을 가진 이는 적다.
구도(求道)를 하면서 인상도 변하는 모양이다. 선한 인상이 제일
좋다. 무엇보다 남에게 거부감을 주지 않는다.

직업도 얼굴에 반쯤 쓰여 있다. 교육과학기술부에는 일반직
과 선생님이 함께 근무하고 있다. 10명을 세워놓고 고르라고 하
면 80~90%는 맞힌다. 선생님들은 교단에서 오랫동안 근무해와
티가 난다. 순수함이 그것이다. 세파에 찌든 모습은 별로 찾아볼
수 없다. 반면 일반직들은 다소 융통성이 있어 보인다.

기자 생활 25년째다. 우리나라에서 기자에 대한 인식은 그다
지 좋지 않다. 예나 지금이나 별반 달라진 게 없다. 사이비 기자
는 여전히 사라지지 않고 있다. 아내를 처음 만났을 때 장인 어
른이 반대했던 이유이기도 하다. 기자임을 밝히지 않은 상태에
서 내 직업을 맞힌 사람은 아직껏 한 명도 없다. 의사, 변호사,
교수 등 전문직에 종사하는 것으로 생각한다. 그렇다면 잘 살아
온 것일까.

37 외조(外助)

요즘은 대부분 맞벌이를 한다. 남편 혼자 벌어서는 생활하기 어렵다. 집 사기가 옛날보다 훨씬 어려워졌다. 월급을 꼬박꼬박 저축한다고 해도 족히 십수년은 걸린다. 아예 내 집 마련을 포기하는 부부도 적지 않다. 대신 자동차를 사고, 여가를 즐기는 데 돈을 쓴다. 어떤 방식이 잘 사는 것인지는 지극히 주관적이라 하겠다.

여성의 사회적 진출이 늘면서 남편보다 승승장구하는 경우도 많다. 이미 법원과 검찰에서는 여성이 남성을 앞질렀다. 신규 임용에서 절반 이상을 차지하고 있는 것이다. 머지않아 부장판사, 부장검사 승진에서도 앞서갈 공산이 크다. 법조인 부부가 많긴 하지만, 남편의 외조를 필요로 할 듯싶다. 가정 살림은 물론, 육아에 있어서도 남편의 몫이 커질 게 분명하다.

집안 청소뿐만 아니라 설거지를 도와주는 가장이 많다. 음식 솜씨를 뽐내기도 한다. 나는 그렇지 못하다. 결혼 이후 부엌에는 가보지 않았다. 자취 생활을 10년 가까이 해 곧잘 하는 데도 여자 일로 돌렸다. 유일하게 아내를 도와주는 것은 장보기다. 아내가 운전을 하지 못하는 탓에 따라갈 수밖에 없는 처지다. 그것마저 생색을 내고 있으니 외조를 말할 자격이 있겠는가.

38 블로그 초보의 변

2009년 12월 1일. 나에겐 매우 의미 있는 날이다. 서울신문에 블로그를 처음 개설했다. 처음 간판은 '기자와 성경 읽기'. 이후 '사람 사는 맛' → '남자의 속마음 2' → '오풍연' 으로 바꿨다. 가장 존경하는 독자와의 의리를 생각해 첫 간판을 생각했다. 그러나 성경은 딱딱한 구석이 있다. 나 또한 끝가지 읽는 데 인내심을 필요로 했다.

그것을 네티즌들께 강요하는 게 도리일까. 아니라고 판단했다. 그래서 독자분께 양해를 구한 뒤 간판을 바꾸게 된 것이다. 사실 블로그가 무엇인지도 모르고 들어왔다. 누군가에게 "색다른 게 있어야 한다"는 얘기만 들었다. 곰곰이 생각해보니 인기를 말하는 것 같았다. 실제로 시시각각 랭킹이 매겨졌다. 전체, 분야별, 오늘 순위가 나왔다. 누군들 앞서가는 것을 좋아하지 않겠는가.

여기서 한 가지를 발견했다. 진실이 묻혀질 수도 있다는 점이다. 모두들 사실 그대로를 올렸다며 자신은 그런 짓을 하지 않는다고 강조한다. 정말 그럴까. 블로그의 순위를 올리기 위해 조작도 불사한다는 게 공공연한 비밀이다. 야한 제목, 야한 사진은 눈길을 끌기 마련이다. 그렇지 못한 내 글에 관심을 보여주는 네티즌이 더욱 고맙다.

39 초임 검사들에게

대한민국에서 검찰의 힘은 막강하다. 무소불위의 영향력을 행사한다고 해도 과언이 아니다. 기소권을 쥐고 있기 때문이다. 그 권한 앞에서는 누구도 피해갈 수 없다. 죄를 지을 경우 성역이 있을 수 없다는 얘기다. 전·현직 대통령도 예외가 아니다. 노무현 전 대통령의 비극이 잘 말해준다 하겠다.

사정의 칼을 휘두르기 위해서는 검찰부터 정의로워야 한다. 똥 묻은 개가 겨 묻은 개를 나무랄 수 없다. 이와 유사한 속담도 여럿 있다. "오얏나무 아래서는 갓도 고쳐 쓰지 않는다." "참외밭에서는 신발 끈을 다시 매지 않는다." 오해받을 만한 일을 하지 말라는 경구(警句)다. 검사들이 귀에 닳도록 듣는 얘기다. 진정 얼마나 실천하는지는 알 수 없다.

검사에게는 각종 유혹이 끊이지 않는다. 그것을 물리쳐야 훌륭한 인물이 될 수 있다. 이 말은 꼭 해주고 싶다. "네가 알고 내가 알고 하늘이 알고 땅이 알지 않느냐." 아무도 모르는 것 같아도 다 알게 된다는 뜻일 게다. 검사의 첫 번째 덕목은 청렴이다. 그래야만 국민 전체로부터 신뢰를 받을 수 있다. "어느 세상에 살든 돈과 담을 쌓고 살지 않으면 안 된다." 명심하기 바란다.

홀로 사는 사람들이 의외로 많다. 40대 총각, 처녀는 이제 축에도 끼지 못한다. 50대, 60대도 적지 않다. 문제는 끝까지 독신을 고집하지 않는다는 것이다. 좋은 사람이 있으면 언제든지 결혼을 하겠다고 말한다. 그러나 조건이 까다롭다. 나이를 가장 많이 따진다. 아이러니가 아닐 수 없다. 그래서 지금까지 싱글로 있었을 가능성이 크다.

60대 후반의 지인이 있다. 북한에서 넘어와 일가 친척이 한 명도 없다. 어릴 때 갖은 고생을 했다. 유랑단 생활도 했다니 짐작이 가고도 남는다. 젊은 시절 이곳저곳 손을 대 돈을 꽤 벌었다. 빌딩과 큰 집도 갖고 있었다. 그러나 남의 빚보증을 잘못 서는 바람에 재산을 모두 날렸다. 그럼에도 남을 원망하지 않는다. 딸린 식구가 없으니 자기 한 몸 입에 풀칠 못하겠느냐고 태연하다. 독신주의를 즐기고 있는 듯했다.

하루는 속내를 털어놨다. 가정을 갖고 싶다고 얘기했다. 무엇보다 자기를 묻어줄 사람을 원했다. 가슴이 뭉클했다. 죽음이 가까워 오면 모두가 외로운 법. 그분이라고 다를 리 없었다. "계속 혼자 지내실 겁니까"라고 물어봤다. "좋은 사람 있으면 소개해주세요. 주례는 아우님에게 부탁합니다." 그분의 꿈이 꼭 이뤄졌으면 한다.

41 영화 기피증

우리의 문화 산업 가운데 영화만큼 급성장한 것도 없을 게다. 2000년대 들어서 관객 1,000만 명을 돌파한 영화가 여럿 있다. 예전에는 미국 할리우드 영화만 가능할 줄 알았다. 그런데 우리나라 감독이, 한국 배우를 출연시켜 만든 영화가 그것을 달성했다. 비약적 발전을 이룩한 것이다. 영화 산업 종사자들에게 큰 박수를 보낸다.

1,000만 명이라면 국민 다섯 명 가운데 한 명 꼴이다. 웬만한 성인은 대부분 봤다는 산술적 계산이 나온다. 그 같은 영화를 한 번도 보지 못했다. 안 봤다는 표현이 솔직할 듯싶다. 영화에 관심이 없어서다. 주변에서 영화 얘기를 하면 딴청을 한다. 등장 배우의 연기력이나 줄거리에 대해 아는 바가 없기 때문이다. 수모(?)를 당하면서도 영화관으로 발길이 돌려지지 않는다.

집 근처에 대형 영화관이 들어섰다. 스크린은 세계 최대 규모로 기네스북에도 올랐단다. 아내의 성화에 못 이겨 영화관을 찾았다. 워낙 영화를 안 봐서 그런지 집중을 할 수가 없었다. 대사도 귀에 들어오지 않았다. 마침 잘 알고 지내는 전직 장관님이 전화를 주셨다. 구세주를 만난 기분이었다. 슬며시 영화관을 빠져나와 20여 분을 보냈다. 영화 기피증이 심각하다는 것을 비로소 깨달았다.

42 슬픈 제사

명절은 기쁜 날이다. 온 가족이 모여 정담을 나눈다. 전국 각지에 흩어져 살고 있는 형제들이 모여 차례를 지낸다. 맛있는 음식도 나눠먹는다. 식구들의 근황도 상세히 알 수 있다. 전화 통화만으로 부족한 얘기를 밤새 한다. 잠자는 시간이 부족하다. 그래도 피곤한 줄 모른다. 정겹기 때문이다.

큰댁에서 먼저 설날 차례를 지낸다. 사촌들이 모두 모인다. 조카들도 여럿 있다. 대가족이라 50여 명은 족히 된다. 제주(祭主)는 큰아버지. 여든이 되셨다. 건강이 좋지 않은 편이다. 술을 부어 올리는 손이 떨린다. 다리도 힘이 없어 절을 하는데 힘겨워 보인다. 이번 제사가 마지막이라는 심정으로 조상들에게 예를 올리는 것 같다. 가족들도 대강 짐작은 하고 있다. 그래서 분위기는 더 숙연했다. 결국 큰아버지는 그해를 못 넘기시고 타계하셨다.

10여 년 전 돌아가신 숙부님 생각이 났다. 폐암으로 두어 해 고생을 했다. 병원에 계시다가도 설과 추석 제사에는 참석했다. 엎드려 절을 하는 시간이 길었다. 꼭 낫게 해달라고 애원하는 모습이었다. 눈가에는 이슬이 맺히곤 했다. 지난해는 큰아버지의 수척한 모습이 가슴을 저미어왔었다. 건강을 살 수는 없을까.

43 작가의 길

　우리나라 작가들은 참 고달프다. 특히 전업 작가의 경우 먹고 살기조차 힘든 경우가 많다. 유명 작가를 제외하곤 대부분 처지가 비슷하다. 인기를 먹고사는 것이 연예인과 똑같다. 한 번 뜨면 곡절이 적다. 이름값을 한다는 얘기다. 하지만 그 자리까지 오르는 게 여간 어렵지 않다. 아무리 내용이 좋은들 독자들이 외면하면 그만이다. 여기에 철저히 상업주의로 무장한 출판사까지 끼어들어 작가들을 옥죄인다.

　각 출판사마다 원고 접수 및 독자 투고란이 있다. 참신한 아이디어나 글이 있으면 책으로 내겠다고 한다. 작가 지망생은 많다. 일반인이 이 같은 절차를 거쳐 책을 낼 수 있는 확률은 거의 제로에 가깝다. 우선 지명도가 떨어지니 기획자의 눈에 띄지 않는다. 설령 원고가 채택되더라도 마케팅 조사 단계에서 퇴짜 맞기 일쑤다. "일반 독자 투고 1,000건 가운데 1건 정도 출간될 것입니다." 한 유명 출판사 사장의 말이다. 확률이 0.1%에 불과한 셈이다.

　"마케팅부와 함께 머리를 맞대고 논의를 한 결과, 좋은 원고라는 의견이 있었습니다. 하지만 저희 쪽에서 관련된 책을 출간하여 성공한 경험이 많지 않아 기대에 부응할 수 있을지 확신이 서지 않습니다. 죄송합니다." 이런 식의 답변을 받는다. 작가의 길은 멀고도 험하다.

44 출입처 얘기를 쓰지 않는 이유

기자가 책을 냈다고 하니까 취재 뒷이야기를 떠올린다. 쉽게 접근할 수 있는 소재이기 때문일 터. 취재하다 보면 숨은 얘기가 적지 않다. 호사가들의 입방아에 오를 소재가 많다는 얘기다. 더욱이 대형 사건 뒤에는 화젯거리가 수두룩하다. 법조계와 정치권을 오래 취재한 나에게 사건 연관성을 묻는 것은 당연하다. 실제로 굵직한 사건이 터질 때마다 현장에 있었다.

그럼에도 출입처 얘기를 쓰지 않는 것은 나름의 원칙이 있어서다. 우선 흥미를 자아낼지언정 감동은 없다. 또 사건이나 인물을 희화할 가능성도 있다. 당사자들에게 상처를 줄지도 모른다. 내가 뒷이야기를 의도적으로 피하는 첫 번째 이유다. 대신 미담의 주인공은 종종 등장시킨다. 그들에게서는 사람 냄새가 난다. 딱딱한 검찰이나 법원에도 향기 가득한 이들이 있다.

내 글 속에서 정치인은 거의 나오지 않는다. 나를 감동시킨 이가 없는 까닭이다. 우리나라 정치의 현주소를 말해주는 것은 아닐까. 정치인은 오로지 다음 당선을 위해 뛴다. 그러다 보니 정(情)과는 거리가 멀다. 국민 속의 그들이 아니라 그들만의 리그를 만들어간다. 때문에 정치에 대한 불신은 사라지지 않는다. 따뜻한 마음을 가진 정치인도 보고 싶다. 나만의 바람일까.

45 배신과 믿음

"신세 지고는 못살아." 심심찮게 내뱉는다. 남에게 도움을 받으면 반드시 갚겠다는 얘기다. 과연 그럴까. 잘 되면 내 탓, 못되면 남 탓으로 돌리는 경우가 많다. 신세를 많이 지고도 원수지간으로 변한다. 주변에서 흔히 본다. 무엇보다 욕심 때문이다. 자기 욕심을 채우다 보니 신세진 것을 잊고 만다. 뻔뻔스러움의 극치를 보여준다. 인간인지 의구심이 들기도 한다.

친구가 마음에 큰 상처를 입었다. 나도 잘 알고 있는 지인이 배신했기 때문이다. 어려움에 처해 있던 분을 모셔왔는데 적반하장이 됐단다. 입에 담을 수 없는 얘기까지 하고 다닌다고 했다. 그분의 인격이 다시 보인다. 차마 글로 옮길 수 없을 정도다. 인간이 그럴 수도 있을까. 나도 실망하기는 마찬가지다. 이름 석 자만 대면 대한민국이 다 아는 분이다. 열 길 물속은 알아도 사람 속마음은 모른다더니…….

배신은 가장 나쁜 행위다. 한 번 배신한 사람은 또 배신한다. 사람을 가려서 만나고 쓸 수밖에 없다. 그러기 위해선 나부터 배신을 하지 말아야 한다. 신의를 지키는 것은 정말로 중요하다. 믿음을 금과옥조로 삼아야 한다. 믿음의 첫 출발은 약속이다. 어떠한 일이 있어도 약속은 꼭 지켜라. 타인과의 약속도 중요하지만, 자신과의 약속도 그에 못지 않다.

46 강연료는 얼마?

세상엔 참 다양한 직업이 있다. 수십만 가지는 될 게다. 남이 갖지 못한 재주가 있으면 수입도 보장된다. 이른바 차별화다. 미디어가 세상을 지배하면서 말 잘하는 사람들이 득세한다. 말만 잘해도 하루 아침에 유명인사가 된다. 일단 유명세를 타면 이곳 저곳에서 러브콜이 온다. 전문 스타 강사 대열에 합류하는 것이다.

이메일을 확인하다 뜻밖의 메일을 발견했다. 제목은 '강의 문의 건'이었다. 처음엔 스팸메일로 여겼다. 좋은 강의가 있다는 소개의 글로 알았다. 그런데 그게 아니었다. 나에게 강의를 해줄 수 있는지 묻는 것이었다. "저서 관련 강의를 저희 고객사에 제안서로 제출하고 싶은데 실례가 되지 않으시다면 프로필과 강연료에 대한 내용을 받아보고 싶습니다." 몇 군데 강의를 해봤어도 정식 제안은 처음이었다. 무엇보다 관심을 가져준 게 고마웠다.

제일 궁금해하는 것이 강연료다. 강의를 했다고 하면 그것부터 묻는다. "얼마 준대?" "얼마나 받았어?" 많이 주는 데 싫어할 사람이 있을까. 그보다는 강의에 열과 성의를 다해야 한다는 생각이다. 기계처럼 똑같은 강의를 하고 보수만 챙겨서는 안 된다. 조금이라도 감동을 선사하고, 강의를 들은 사람으로 하여금 실천에 옮기도록 해야 한다. 그것이 나의 강의 철학이다.

47 한국의 주커버그

페이스북의 창시자 마크 주커버그의 인기가 대단하다. 미국의 시사주간지 타임은 그를 2010년 '올해의 인물' 1위에 올렸다. 혜성같이 등장해 전세계의 이목을 집중시키고 있다. 아이디어 하나로 SNS(소셜네트워크서비스)의 새 장을 열었다. 세계 최대 인터넷 검색 업체인 구글이 두려워할 정도로 급성장했다. 영원한 1등 기업은 없는 법인가. 우리 기업도 타산지석으로 삼아야 한다. 한 분이 전화를 걸어왔다. "한번 찾아 뵙고 싶은데 시간 좀 내주시겠습니까. 자문을 받고 싶습니다." 나는 사람을 가리지 않기에 바로 약속을 했다. 다음 날 자그마한 체구의 50대 신사가 회사로 찾아왔다. 초면이어서 찾아온 경위부터 물었다. 인터넷 검색을 하다가 나를 발견했단다. 이분이면 도움을 받을지도 모르겠다는 생각이 들었다고 했다.

커피숍으로 옮겨 그분의 얘기를 들었다. 정말로 아이디어가 많은 분이었다. IT에 관한 한 시대를 앞서가는 시각을 갖고 있었다. 당장 사업화가 가능해보이는 아이템도 눈에 들어왔다. 여러 개의 특허도 갖고 있었다. 문제는 자금이었다. 내가 도와주는 데 한계가 있었다. 대신 그에게 용기를 심어줬다. "당신은 한국의 주커버그가 될 것 같습니다. 포기하면 안 됩니다." 그러면서 그의 눈을 봤다. 자신감이 읽혀졌다. 뜻있는 하루였다.

누구에게나 스승은 있다. 아무리 잘난 사람도 스승을 통해 가르침을 받는다. 이 세상에 독불장군은 없다. 어린 아이에게서도 배울 점이 있다면 배워야 한다. 그것이 공부다. 따라서 스승에 나이 제한은 없다고 본다. 어떻게 받아들이느냐가 중요하다. 배우는 자세는 겸손해야 한다. 그렇지 않으면 내 것으로 만들 수 없다. 가장 경계해야 할 대목은 자만심이다.

1년에 서너 차례 뵙는 선배가 있다. 장관을 지낸 분이다. 군사정권 시절 7년 4개월간 옥고를 치르기도 했다. 당시 운동권의 대부로 통했다. 그럼에도 얼굴은 해맑다. 항상 웃음 띤 얼굴로 후배들을 대한다. 무엇보다 배울 점이 많은 분이다. 매사에 진지하다. 장관을 지낸 여느 인사와 달리 책을 손에서 놓지 않는다. 항상 공부하는 자세로 자신을 절차탁마한다. 지금까지 책도 여섯 권이나 냈다. 도서 구입비로 한달에 60만 원 가량 지출한단다. 보통 열의가 아니라면 불가능한 일이다. 이번엔 둘이서 점심을 했다. 역시 많은 대화를 나눴다. "이제는 전문성을 키워야 하네. 자네가 지금 하고 있는 일을 더욱 발전시켜 나가게. 활동 분야도 넓히고……." 글을 계속 쓰면서 시야를 넓히라는 주문이었다. "저도 그럴 생각입니다. 잘 지도해주십시오." 그분은 80세까지 책을 쓰겠다고 했다. 나도 다시 한 번 각오를 다진다.

49 명절 단상

　　1년 중 가장 큰 명절은 설날이다. 새해를 시작하는 만큼 의미도 있다. 그래서 추석 때보다 고향을 더 많이 찾는다. 올해는 유난히 추운 데다 구제역도 기승을 부려 이동 인구가 적을 듯싶다. 핑계거리가 없는 사람들은 호재를 맞은 셈이다. 대신 외국으로 눈을 돌리는 것 같다. 연휴가 길어 얼마든지 활용할 수 있다. 예전의 설 분위기가 나지 않는 것은 분명하다.

　　남의 집 얘기를 할 것도 없다. 우리 집 역시 마찬가지다. 어릴 적에는 사촌까지 큰집에 모두 모여 차례를 지냈다. 어른들이 한 분 한 분 돌아가시면서 풍속이 바뀌었다. 이제는 각자 부모님 제사를 지낸다. 암묵적으로 그렇게 됐다. 사촌들이 모두 모이는 행사는 벌초 때 하루뿐이다. 그날 만큼은 한자리에 모여 참배를 하고 음식을 나눠먹는다. 30~40명 가량 참석한다. 이런 연례행사마저 끊어지지 않을까 걱정이다. 시골 친구가 설날 귀향을 두고 고민을 했다. "형수님은 자꾸 내려오라고 하는데 어쩌지." 시동생 사랑은 형수님이라는 말이었다. 친구의 형님은 10여년 전 돌아가셨다. 형수님은 어머니처럼 시동생을 챙겼다. 그런데 조카들이 결혼을 하면서 식구가 늘어 부담이 된다는 것. 뾰족이 해줄 말도 없었다. "설날 내려가지 못하면 나중에 형수님을 뵙고 오게." 형제지간도 점점 멀게 느껴지는 요즘이다.

50 불찰은 내 탓

명절을 쇠고 올라와 친구에게 메시지를 넣었다. 보통 문자를 주고 받는데 전화가 왔다. 내가 먼저 말을 꺼냈다. "경주 처갓집에 내려가나……." 처갓집에 간다는 소리를 들어서다. "아니. 아버지를 모신 추모 공원에 갔다왔어." 처음 듣는 말이었다. 친구의 아버지가 중환자실에서 계속 투병 중인 줄로만 알고 있었다. 3~4개월 전에 돌아가셨다고 했다. 지인들에게조차 알리지 않고 가족장으로 조용하게 치렀다는 것.

그동안 친구가 어떤 귀띔도 하지 않아 까마득히 모르고 있었다. 아차 싶었다. 요즘은 거의 날마다 통화를 하다시피 하는데 당시는 좀 뜸했었다. 그 사이 돌아가셨다고 봐야 할 것 같다. 이틀에 한 번 꼴로 연락을 주고받았더라면 몰랐을 리 없다. 내 불찰이었다. 고인께 송구스럽고, 친구에게 미안한 마음을 금할 수 없었다. "내 불찰이야. 자주 연락했으면 알았을 텐데. 추모공원에 같이 한번 가지." 살다 보면 여러 일을 맞닥뜨릴 수 있다. 정말 몰라서 사람 노릇을 못할 수도 있다. 그러나 조금만 신경을 쓰면 난처한 상황에 처하지 않는다. 가까운 친구나 지인은 계속 챙겨야 한다. 무소식이 희소식이라는 말도 있긴 하다. 그래서 별일 없이 지내겠지 하며 관심을 덜 기울인다. 특히 애·경사는 정성껏 챙길 필요가 있다.

51 덤으로 사는 인생

"40대 후반에 접어들면서 죽음에 대한 이야기들이 점점 더 실감 있게 다가옵니다. 역사상 누구도 피해가지 못한 숙명. 그리고 따라오는 영원한 잠. 조선시대 남자들의 평균 수명이 마흔이었다는 어느 기사를 접하고는 100년 전에 태어났다면 '나는 이미 죽은 목숨!' 이라는 자각에 하루하루를 덤으로 사는 마음가짐으로 살자고 다짐하고 있습니다."

내 블로그에 올라온 댓글이다. 닉네임을 보니 처음 들어온 분 같았다. 시간은 새벽 4시 24분. 무슨 사연이 있음직했다. 보통 사람 같으면 이 시간에 컴퓨터 앞에 앉아 있기 어렵다. 그러나 알 길은 없다. 누구나 죽음을 생각해본다. 모두가 피하고 싶을 터. 한 번은 필연적으로 맞닥뜨려야 한다. 평균 수명이 길어졌다고 하지만 불안한 게 사실이다. 더 살고 싶은 욕망이 있기에 그렇다. 아니라고 한다면 거짓이다.

요즘 누굴 만나든 화두는 건강이다. 그것을 잃으면 아무것도 할 수 없다. 지인도 페이스북에 안부와 함께 글을 올렸다. "건강을 기원합니다. 건강을 잃으면 모두 잃는다기에~!" 나도 화답을 했다. "말씀하신 대로 건강이 제일 중요하지요. 항상 건강한 모습을 뵈니 좋습니다." 그렇다. 덤으로 사는 인생도 건강이 뒷받침돼야 행복하다. 건강에 대한 과신은 금물이다.

52 현대판 허준을 만나다

명의를 자처하는 사람들이 많다. 방송이나 신문에 노출되면 유명세를 탄다. 실제로 매체를 교묘하게 이용하는 이들도 있다. 그 다음부터는 부와 명예가 따르기 때문이다. 자본주의 사회에서 이 같은 상술을 탓하긴 어렵다. 그보다는 양심의 문제다. 진정 환자의 편에 서서 돌보는 의료인이 얼마나 될까. 많이 나아졌다고 하지만 의료계는 여전히 고자세이다. 그래서 환자의 성에 차지 않는다.

지인의 소개로 한 한의원을 찾았다. 지하철 5호선 신정역에서 그리 멀지 않다. 간판도 보일 듯 말 듯 했다. 대로변에 있어 찾긴 쉽다. 초진이라 간단한 서류를 작성하고 안내를 받았다. 의사 선생님은 70대 중반. 아무런 말씀도 하지 않고 진맥을 하기 시작했다. 5분 가량 양손을 진맥했다. 그 다음 침대에 눕힌 뒤 또다시 5분 이상 이곳저곳을 짚었다. 그때까진 한마디도 하지 않았다. 맥을 다 짚은 뒤 증세를 설명했다. 거의 정확히 짚어냈다. 신기할 정도였다. 그런 경험은 처음이었다. 무엇보다 신뢰가 갔다. 진료실을 둘러보니 조선 명의 허준의 큰 초상화가 걸려 있었다. 우선 침 치료를 권했다. 탕약은 꺼내지도 않았다. 보통 한의원에 가면 첫날부터 탕약을 권유받는다. 그러면 기분이 썩 내킬 리 없다. 진짜 허준을 만난 느낌이 들었다.

53 "딸이 아빠를 하늘나라로 데려갔대요"

　　혼자 사는 옆집 할머니가 요 며칠 보이지 않았다. 우리 아파트에서는 '명랑할머니' 로 통한다. 물론 내가 에세이집에서 붙여 드린 이름이다. 굉장히 부지런하시다. 새벽 일찍 일어나 지하철 역 등에서 봉사 활동을 하고 아침을 드신다. 또다시 오전, 오후에 걸쳐 구청이나 노인정에서 봉사 활동을 한다. 피곤할 법도 한데 언제나 웃음 띤 얼굴이다. 어느 구석에서도 근심을 읽을 수 없다. 아침을 먹는데 장모님이 할머니의 소식을 전했다. 사위 상을 치르고 왔단다. 사위가 경기도 용인에서 목회 활동을 하고 있다는 얘기를 들어 어렴풋이 알고 있었다. 나이는 40대 중반. 얘기를 하던 도중 갑자기 쓰러져 숨졌다는 것. 평소 지병 또한 없었다고 하니 돌연사로 볼 수 밖에 없다. 사위 집안의 비극은 2년 전부터 나타났다. 당시 열세 살이던 딸이 백혈병으로 숨졌다. 할머니는 그때도 외손녀 상을 치르고 올라와 소식을 알렸다. 속은 어떤지 몰라도 웃음을 잃지 않아 다행으로 생각했다.

　　그런데 멀쩡했던 사위까지 하늘나라로 보낸 할머니의 심정은 어떨까. "먼저 간 딸이 아빠를 하늘나라로 데려갔대요." 이웃 주민들이 그렇게 유가족들을 위로했다고 한다. 정말 슬픈 일이다. 하늘이 원망스럽다. 명랑할머니를 뵈면 어찌 위로할까. 두 부녀의 명복을 빈다.

 "새해에는 더 좋은 독자들이 많아지셨으면 하는 바람입니다. 그래서 글을 쓰는 즐거움이 더 커지셨으면 좋겠어요. 틀에 박힌 작가가 아닌 선생님만의 색채가 분명한, 그리고 선생님이 아니면 표현할수 없는 인생관을 일관성 있게 잘 표현하는 글을 앞으로도 기대할게요." 나에게 『여자의 속마음』을 안겨준 독자의 메일이다. 가끔씩 격려 편지를 보내준다. 암 투병 중임에도 정갈한 문장을 구사한다. 나의 짧은 글보다 훨씬 감동적이다.

 작가와 독자는 뗄려야 뗄 수 없다. 작품이 아무리 좋아도 독자가 없으면 무의미하다. 그래서 작가는 항상 독자를 목말라 한다. 출판사 역시 마찬가지다. 상업주의를 지향하는 출판사는 팔릴 수 있는 책을 선호한다. 작품성보다는 마케팅이 우선이라는 얘기다. 이른바 베스트셀러를 보더라도 그렇다. 도저히 그 반열에 오를 것 같지 않은 책도 선보인다. 이는 남이 사면 나도 사고 싶은 충동 구매에 기인한 바가 크다 하겠다. 그동안 세 권의 에세이집을 내면서 한눈을 팔지 않았다. 오로지 나의 삶을 얘기하고, 희망을 노래했다. 재미가 있는지, 감동이 있는지는 모른다. 그것은 독자들이 평가할 몫이다. 그렇다면 앞으로 어떻게 해야 할까. 재미와 감동을 더하기 위해 일관성을 버려야 하나. 그럴 생각은 추호도 없다. 지금처럼 걸어온 길을 그대로 밟으련다.

존경 하옵는 오 종연 기자 님!!

3월의 꽃샘바람은 나뭇가지들을 세차게
흔들어 내보군요.

동안 왜체 만강 하옵시며 내내 가정이
평안 하옵신지요

안녕하세요? 오기자 님?

저는 오기자 님 덕호에 수용생활 잘하고
있습니다.

보내주신 삶이 행복한이유 책도 잘
받았습니다. 고맙고 감사 합니다.

이 세상에 당신이 있는한
행복하고 사랑이 가득 할것 같네요.

어찌 기자생활 을 하셨으면서
전위주의적 같은 그런 냄새가 전혀
나지 않고 서민과 밀접 하고 세상
살아가면서 우연히 겪게되는 생활과
관련한 진솔하고 솔직한 표현이 정말
저의 마음을 차분하게 만들어 주는군요.

여자의 속마음을 삶이 행복한이유를
저로서는 감명깊게 잘 읽었습니다.
3월이면 청경우독(晴耕雨讀)
해야 하는데 집중(木至 格)같은
삶이 고맙고게 느껴지는 것은 사실입니다
그래서 저는 저나름 회민(悔吝)
하면서 하나라도 배워 사회에 복귀하고
싶은 심정입니다.
" 어둠으로 쏫아나는 밤은
　　　　　　　우리들이 가지는 군위班
　　　　　서울지 않는 노을을 하루는가 ,,
오룡연기자님??
제나이 60이 되어갑니다. 오기자님의 에세이
집을 읽으면서 많은 행복한 추억이 생각이 납니다
하찮고 보잘것 없는 이사람에게
관심을 가져 주셔서 정말고맙고 감사합니다
저는 비록 영어의 몸이지만 오룡연기자님이
저에게 보내주신 감사한 마음 잊혀지지

않을것 같습니다
저는 현재 집행유예를 살고 있습니다.
만기가 2012년 5월5일 입니다.
천차만별인 사람들과 갖가지 격려을 교탄소
생각을 아니 확정터어 기결수가되어
공동체 생략을 하여보니 너무나 많은것을 체험
하고 터득 하고 있습니다-
감성도 풍부 하지고 사랑을 베푸실줄 아시는
오 꼭 연 기자님??
많은 사람들이 선입견에 교탄소에 들어오면
전부 나쁘게 생각을 하고 있지만 여기도
사람사는 곳이라 정말 동병상련의
마음으로 위로하고 위안을 해주시는 분들도
가끔 있습니다
장기수들은 마음의격라는 산기수들은
하루라도 빨리 사회에 복귀 하는 꿈들이
여기 교탄소 사람들의 꿈결이지요.
저 역시 제대로 적응하지 못하고 가석방의

혜택을 받으려고 법무부장관님께 편지은 했어도
그게 쉽게 이루어지지 않는 현실이 안타까움뿐입니다
누구나 물에 빠지면 지푸라기라도 잡고 물속에서
빠져 나오려고 하는것이 인간의 본능 아닐까요?
여하튼 오룡연 기자이자 작가이신 선생님에게
저는 감사하는 마음뿐입니다 왜냐하면.
제가 방황하고 마음의 갈피를 잡지못하고
있을때 한권의 에세이집이 저의 마음의 자세를
바로 잡게 했습니다. 그래서 오기자님께 고마운뿐이며
특히 사랑은 받는것보다 배푸는사랑이 아름답다는
것에 정말 감명 받았습니다
이 소외된 인간에게 희망을 가르켜 가는것 같은
착막하죠 … 잊지 않겠습니다.
아무쪼록 건강하시고 소설가로써 명성을 날리시길
기자로써 시민들의 아픔을 반천하여 전달 할수
있는 그런 분이 되시길 간곡히 바라겠습니다.
선생님의 가정에 항상 행복한 가정 되시고
행운이 함께 하시길 빕니다 늘 건강 하십시요.
안녕히 계십시오.　2011. 3. 10